皇明文衡卷之二十七

書

與貝川先生書 洪武二十年十月在州作

縉薰沐拜書貝川大人先生閣下違遠誨言闊異感念奚云縉率易狂愚動遭謗毀無所避忌數上封事萬言有分封勢重輔導體輕萬一不幸有厲長吳濞之虞那哈木來歸之時欽承

顧問宜待之有禮疑則勿任任則勿疑稍忤機權其徒必二此類非一後皆億中封事留中又嘗為王國用草諫書言韓國公事為詹徽所嫉欲中以危法又為夏長文作劾袁泰書泰銜恨至深見常切齒但以不為屈膝之故竟致排誣累迹深文之語皆非律令所該伏蒙

聖恩數對便殿中之以慰諭寵之以賚錫許以十年著述冠帶來廷元史舛誤承

命改修及踵成宋書刪定經禮凡例皆以留中奉親之暇杜門纂述漸有次序荐將八載實天之計忽聞痛切之誠欲絕向非

先帝之明縉亦無有今日是以尋畏在殯未遑安厝家君以九十之年倚門望思皆不暇戀與一瞻

山陵隕淚九土何圖墨慢蒙

恩遠行楊粵之人不堪寒苦役多疾病俯仰奔趨與吏卒為伍低回伏事誠不堪忍晝夜涕泣恒懼有不測之憂進不能盡忠于

國退不得盡孝于親不忠不孝負平生學問之心抱萬古不窮之痛為天下笑為先生長者之羞是以數嗚哀感與

皇天后土之鑒臨得還京師便見天顔少陳情悃或遂南歸父子相見卽走也更生之日臨書不勝感切顒望之至

奉陳貳卿書

黄福

五月二十一日莫參政至二十四日潘知府至二十八日陶指揮又至惟陶有批示莫潘到時問至再三極知鈞候清吉可慰而潘續云曾有幕府之鸞緘巳葬神投之魚腹竟不知二緒先生所載云何既不得瞻手澤之光華又不得聞心聲之清切使人疑其所謂益其所思雖藩宇之左瀘水之東亦無以釋懸懸之懷也風伯不仁可恨也哉區區前巳有書乞便未發與發而沉者無異然慮其事深切于懷且莫遂運糧黔公出哨若謂無人不信也翁挺來降阮彥出見雖彼勢衰懼我威大若不得焚輿櫬亦難以奏凱歌演文之衆服者以有大軍在也一旦班師難常按堵不特此也各營士卒造舟楫辦戰器遠征近哨暑行瘴宿饑裸相仍疾病相藉不可謂不勞矣巳附夷民打船板納稅糧當差役垂髫戴白不得息肩加以盜刼縱橫衣食窘迫不可謂不疲矣軍勞民疲財殫師老守此而失彼得西而遺東而尚畏首畏尾左遮右護噤無一語以達

九重是猶掩耳偷鈴諱疾忌醫也不知仁人君子深謀遠慮長治久安果如是也不乎言自小子而行在閣下誠不以愚言為迂而以力行為任請益以兵相地屯守養我士卒寬我民力堅城垣利器械廣其屯田實其倉廩兵閑食足民安化行則棨土牖戶之事備居重馭輕之計得誠如是也戰勝攻

取無適不然彼區區之賊獲與不獲降與不降又何足為重輕哉人嘗有言耕當問奴織當問婢閫下與元戎胸中自有許多韜畧固不待人紛拏論也但慮及斯自不容已此論之外示及造船合藥幷取食物一一如命另有單陳不同千聽今並以先具未發之書併上要當合而觀之恃舊布忱故敢率爾事機之暇亦可於戎閫處從容言之如其迂闊當即付之千頃之陂毋啓人議可也西風鴻便亦宜寄聲即今盛暑尚冀調理

奉總兵官英國公書

交阯平定以來八年之内民已三變而兵亦三加矣原其所自皆由惡本未盡除守兵不足用故也黎氏雖除而簡定存簡定雖去而季擴在今季擴既擒帥鎔景異之徒又以悉在網羅而無漏者似為無事矣然馭之有道則可以漸安守之無法不免再變何者陳元揞乃季擴昆弟也今雖遠遁視之若小可他日焉知不能為簡定季擴之續乎僞官頭目今雖降附待之為至厚焉知他日不能為阮帥景異之亂乎今成功之將在此全盛之兵在此吾忝為守官不於此時此際言其所以而共議守備之策以圖長久之治而乃亦曰安南從此無事矣是謂自欺也欺人也若恐於自欺苟且偷安似為得計然當言不言何以辭君子公論之譏若曰欺人俟遠取媚噤無一語直至事壞而始上瀆

宸聰則亦無以免

朝廷法度之議慮至于斯言何容已謹將鄙見逐一條陳尚冀采擇幸寬狂妄

一本處地方前者賊未就擒蒙調三總戎大軍到來征守猶必三年之久而姑克清大憝今交阯都司衛所原守官軍見在既少而演乂新平順化地方又闊迢迢千里無一兵守而止以土兵者若謂羈縻干一時則可若謂長治久安則未之信也三總戎若留一鎮守猶爲庶幾倘皆振旅而歸恐俘獻未至

京闕而警報已徹

聖聰矣乞畫圖之

一交阯原留守兵九衛一所七分之數通該四萬七千餘人在全盛之時而猶不能禦侮以致煩兵屢舉今事故之數四去其三以如此險遠之地反反之民而以舊日所遺一分之兵守之實未見其可也必須添置軍衛補完空伍庶免後艱

今將合設衛所去處開列于後

演乂一帶　黃江上下　太平等處海口

譚舍江　銳江　曾江

鹹子關　廣威大堂等處

靖安州萬寧等處　太原府官良等處

鎮夷關等處　海潮希江等處

一市橋所南有鎮夷北有昌江而本所居中且近實爲虛設如將本所移置芹站以控禦鎮夷關本關止令土兵守之如此則鎮夷隘留有相應之利衛所官軍免輪守之患

一歸化石稾關上通雲南臨安下貫嘉興三帶水陸數百里寥寥無一城守萬一有警仰之於誰莫若於臨安衛摘撥二所官軍於臨安府梁集三所民兵立一衛於歸化州如灌關

澤州犬牙相制之例以控制上下地方便益
一丘温坡壘隘留三衛所原垛廣西土兵近年以來官不得人逃亡之數十去七八其一二分在役者率皆老幼貧弱代身有名無實是致盜常竊發路毋不通如於廣西調一都指揮仍領原調官軍於丘温鎮守施行總督前項衛所土兵更選土官之能事者管之嚴禁不許雇倩代役務要正身將帶當房家小常川在役如此庶便
一廣西田州府去本處鎮夷關不遠彼處兵强弩利諒山一帶夷人畏之即今田州府知府爲事發隨韓總兵立功如將本人改授武職令選本府民兵三五千名親領於鎮夷關立衛控制不但服夷情抑且通道路
一靖安州萬寧等縣近接雲屯海口并連廣東欽州地方最爲險要如將欽州千户所添軍立衛或撥彼處衛所官軍或垛彼處附近有司民兵以充其數内摘一所於萬寧等處設立以控靖安地方以通廣東水路便益
一本處土兵首賊未就擒時急於用人許將各處人民聽從土官自行招集而有司官謹於奉命無敢有違有徇情取占親戚者有挾讐捉去者正吏卒者有全縣之民俱被占取者亦有一家父子兄弟各自充兵及單丁貧窘自充一兵者後雖委都布司官清理而土官紛紛言少又不准除歸併因循苟且至于今日今隨征者月久不歸家業狼籍屯田者糧徵不足荆楚連綿是致逃亡今已過半若不從新整理必至法廢事壞難救其失必須再令都司布政司官嚴督府州縣官將原集土兵并官下影占家人田奴盡行取勘見數汰其老

幼單弱者當民差選其富實丁多者爲兵役先議合用若干衛所應操若干土兵然後照數操集總小甲千百長選管如例每兵須以三丁共之官不許逕以庸才兵不許雜以冗濫選集既定卽分地方以近就近置立城堡或四六或中半各專屯守不許亂差有警不拘其管軍官伴當亦如舊例就於所管土兵內定數撥用仍造花名貫址文冊三司各收一本照證按察司仍常委官點閘不許廢弛如此庶便

一各處爲官頭目及先曾授官後又從逆今招出降此等反仄之徒宜爲區處或量與官爵或分給田地使之得所以終餘年不可置于閑散懷抑鬱抱不平以貽後患

與行在戶部諸公書　周忱

伏聞治民之道在於禁惰游以一其志勸耕稼以敦其業蓋惰游禁則土著固而避勞就逸者無所容耕稼勸則農業崇而棄本逐末者不得縱由是賦役可均而國用可足苟或不然則戶口耗而賦役不可得而均地利削而國用不可得而給先王制六鄉六遂之法以維持其民而均其土地者正爲此也邇者

皇上念天下人民有因饑窘逃移者累降勑旨設撫民之官頒寬恤之條令天下郡邑招而撫之諸公頒布奉行克謹無怠天下之民感戴

聖恩扶老攜幼競返桑梓惟獨蘇松之民尚有遠年竄匿未盡復其原額而田地至今尚有荒蕪者豈優恤猶未至乎凡招回復業之民既蒙蠲其稅糧復其差役室廬食用之乏者官與賑給牛具種子之缺者官與借貸　朝廷之恩至矣尽

矣如此而猶不復業者亦必有其說焉蓋蘇松之逃民其始也皆因艱窘不得已而逋逃及其後也見流寓者之勝於土著故相扇成風接踵而去不復再懷鄉土四民之中農民尤甚何以言之天下之農民固勞矣而蘇松之民比於天下其勞又加倍焉天下之農民固貧矣而蘇松之農民比於天下其貧又加甚焉天下之民常懷土而重遷蘇松之民則常輕其鄉而樂於轉徙天下之民出其鄉則無所容其身蘇松之民出其鄉則足以售其巧忱嘗歷詢其弊蓋有七焉何謂七弊一曰大戶苞蔭二曰豪匠冒合三曰船居浮蕩四曰軍囚牽引五曰屯營隱占六曰隣境藏匿七曰僧道招誘其所謂大戶苞蔭者豪勢富貴之家或以私債準折人丁男或以威力強奪人子息或全家傭作或分房托居賜之姓而目為義

男者有之更其名而命為僕隸者有之凡此之人既得為其役屬不復更其糧差甘心倚附莫敢誰何由是豪家之役屬日增而南畝之農夫日以減矣其所謂豪匠冒合者蘇松人匠叢聚兩京鄉里之逃避糧差者往往攜其家眷相依同住或創造房居或開張鋪店冒作義男女婿代與領牌上工在南京者應天府不知其名在北京者順天府亦無其籍粉壁題監局之名木牌稱高手之作一戶當匠而冒合數戶者有之一人上工而隱蔽數人者有之兵馬司不敢問左右隣不復疑由是豪匠之生計日盛而南畝之農民日以衰矣其所謂船居浮蕩者蘇松乃五湖三泖積水之鄉海洋海套無有涯浮載舟者莫知蹤跡近年以來又因各處關隘廢弛流移之人挈家于舟以買賣辦課為名冒給隣境文引及河泊所

由帖往來於南北二京湖廣河南淮安等處停泊脫免糧差長于老孫不識鄉里暖衣飽食陶然無憂鄉都之里甲無處根尋外處之巡司不復詰問由是船居之丁口日蕃而南畝之農夫日以削矣其所謂軍囚牽引者蘇松奇技工巧者多所至之處屠沽販賣莫不能之故其爲事之人充軍於中外衛所者輒誘鄉里貧民爲之餘丁擺站於各處河岸者又招鄉里之小戶爲之使喚作富戶於北京者一家有數處之開張爲民種田於河間等處者一人有數丁之子姪且如淮安二衛蘇州充軍者不過數名今者塡街塞巷開鋪買賣皆軍人之家屬矣儀眞一驛蘇州擺站者不過數家今者連甍接棟造樓居住者皆因人之戶丁矣官府不問其來歷里胥莫究其所從由是軍囚之生計日成而南畝之農夫日以消矣

其所謂屯營隱占者太倉鎭海金山等衛青村南匯吳淞江等所棊列於蘇松之境皆爲邊海城池官旗犯罪例不調伍因有所恃特肆豪强遂使避役姦民轉相依附或入屯堡而爲之佃種或入軍營而給其使令或竄名而冒頂軍伍或更姓而假作餘丁遺下糧差負累鄉里爲有司者常欲挨究矣文書數數行移衛所堅然不答爲里甲者常欲根尋矣足跡稍稍及門已遭官旗之毒手由是屯營之藏聚日多而南畝之農夫日以耗矣其所謂隣境蔽匿者近年有司多不得人教導無方禁令廢弛遂使蚩蚩之民流移轉徙居東鄉而藏於西鄉者有焉在彼縣而匿於此縣者有焉畏糧重者必就無糧之鄉畏差勤者必投無差之處舍瘠土而就膏腴者有之營新居而棄舊業者有之倏往倏來無有定志官府之勾

年間八千九百八十六戶之稅糧欲望其輸納足備而不逃去其可得乎竊恐數歲之後見戶皆去而漸至於無徵矣是皆惰遊不禁耕稼不勸故姦民得以避勞就逸棄本逐末如前之所云者誠宜立法以檢制之撫民之官固未易以招之也愚以駑鈍之才濫叨重寄晝夜勞心莫知所措伏望該部列位卿相與在朝公卿大臣詳加講究明白奏請將蘇松等府逃移人戶不拘通例別立一法以清理而檢制之庶幾戶口可增田畝可闢稅糧可完恍事出激切不覺覼縷之至惟冀詳察而恕其狂妄幸甚

書

奉王冢宰書　周叙

太保冢宰抑菴大人先生閣下叙惟吾吉自有宋逮今賢才
輩出爲世道之重鄉邦之光者九賢也由玆以降匪無其人
而俊偉光明卓然著稱爲無瑕之玉無疵纇之珠者殆亦鮮
見焉叙於永樂宣德間嘗仰望少師東里先生可當之然迹
其舉措究其底裏士大夫公論不容掩也竊自計之堂堂名
郡際今
聖明大一統之時豈無復有歐陽子胡澹菴周平園楊誠齋
文信公其人者出邪爲之徘徊歎息翹佇思慕者久矣玆乃
於大人先生而見之得非吾吉賢才之運國家養士之效之
所鍾哉非特叙與吾郡之士動喜天下士大夫亦莫不爲之
更慶而交賀也伏惟先生處在屯之際翼戴
今皇帝嗣大統處大事濟大艱其時其事視諸前輩又甚難
者竊謂膺天下之重任必當心天下之大憂成天下之大計
而後可以有濟其要無他在於用君子遠小人而已若兩存
之譬如持衡之勢此重則彼輕彼輕則此重難並行不悖也
蓋小人易進難退君子未有不爲所擠者當玆維新之始
主上內外惟先生是倚得不毅然任其責而無少有回顧之
慮乎使少有回顧非惟　朝廷大事難濟於夫所謂爲世道
之重鄉邦之光者亦難望其全矣叙閑中竊察其人若今某
公某及某公某公皆君子也其已同朝者宜傾竭倚注之彼
在遠在家者宜即日疊驛召以來之與之朝夕圖惟同心同

往還在家者宜即日舉謁公以來之與之朝夕圖謀同心同
公某及某公某公皆君子也其已同朝者宜相與信往之彼
之重鄉邦之先者亦難望其全矣故閒中頗察其人若今其
賢乎使少有回顧非惟朝廷大事難濟於天所謂為世道
主上內外推先生是倚得不殺然任其責而無少有回顧之
蓋小人易進難退者於未有不為所擠者當茲雖新之始
之譬若持衡之勢此重則彼輕彼輕則此重雖行不寧也
而後可以有濟其要無他在於用君子遠小人而已若兩存
者謂調護天下之重任必當天下之大受故天下之大計
今皇帝嗣大統興大事濟大難其時宜其事視諸前事又其難
更變而文質也於惟先生之處在也之際翼戴
所鍾哉非特故與吾鄉之士動喜天下士大夫亦莫不為人

於大人先生而見之得非吉賢士之運國家養士之效之
文信公其人者出邪為之推回敷息趨仰思慕者又矣茲乃
堅明大一統之時豈無復有國家于胡滄番周平國規設密
邪僚今
其舉措究其底裏士大夫公論不容掩也竊自計之堂名
見志紋於示樂宣德間當仰望少師東里先生可當之然逝
而後偉先明卓然著稱為無暇文王無近類之殊者始亦辭
華出為進道之重鄉邦之先者尤賢也由茲以降匪無其人
太保冢宰而益大人先生閣下敘淮書言白有未盡今賢才

奉王冢宰書　周敘

書

德以處大事濟大難幸甚遠小人之道宜徐爲之謀强壯者俾膺重鎮於一方年老者許彈劾致仕於其家餘未有顯著之迹蘊堪用之才者存之彼自相發奮洗濯琢磨爲君子之歸矣其他内外防微之政宜與三四君子因人所建白不動聲色以漸處之可也得非謹始執要之一幾邪易曰知幾其神乎書曰慎終于始又曰惟克果斷乃罔後艱竊思我
朝當三陽先生輔政之初一幾也不深思熟慮身任其責惟陽斂陰施掩人耳目雖曰自保其實誤國故致今歲七月之禍此時先生與諸君子輔政之初又一幾也宜鑒覆轍爲宗社生靈永遠之謀開天下後世太平之治俾歐陽子周平園之事業復見今日顧不偉哉失今不圖恐異日噬臍之悔莫及矣豈得卽能效張子房之從赤松子裴晉公之營綠野堂

之時伏願先生斷斷若殷之伊傅宋之韓范以天下爲己任爲心毋徒謙曰尚有某有某而不敢自專爲辭若然史臣輩將執彤管磨崖石以紀勳先生之大勳垂示無窮之不暇則天下之大憂大計可收厥効矣敘賴　朝廷之恩先生惠以一介書生官至學士榮矣叨居南京秩清務簡樂矣此外無纖毫求進之心况冒膺宋史之修倘不卽死成此一事竊名穹壤間他富貴皆無所望第學識淺陋不足以當耳所念者國家安則臣民皆安敘輩亦或可偷生畢其素志今歲以來因　朝廷屢有更張事不敢避禍亦屢有所陳無非爲求天下之安故也未審朝議以爲可采否自是以往亦不復敢瀆告一語矣伏乞先生垂仁誘掖曲全之感德感德敘兩歲患脾疾今秋復作兼以左身風痺未知可逭生否倚平昔從游

門墻辱教愛故不得不有言然前此未嘗敢一奉問也茲因論極時急務不免覼縷干冒崇嚴恕納不宣

答國子監丞閻禹錫　李賢

昨得足下書反復披閱足見才識高遠出於尋常萬萬比嘗痛恨自己立志不堅無所成就不免虛過一生得見足下篤志進學如此亦爲幸矣故以書相勉耳道理無窮雖古之聖賢亦未敢自以爲足足下謂於道半明半暗未得打成一片而受用雖云謙辭蓋亦自知之明有益求長進之意在於不言之表矣但謂向上一節無誰與講是以舌本乆强教無所施詳味其言則向上一節惟足下自知更無一人可講可敎者夫向上一節豈易知而天下之士豈易輕邪雖周程張朱造道之深何嘗自謂獨知向上一節遂謂天下之士不可與講而教無所施也况在己於向上一節或未能盡知而教人之具或未必無缺遽謂不可與講而無所施毋乃忽於自察乎且既自以爲半明半暗是模範未備於己而謂教無所施可乎既自以爲教無所施是師道已足乎己又何親炙於人而賴其資乎所引韓退之云莫爲之前雖美而不彰莫爲之後雖盛而不傳自謂不敢如此且退之與于襄陽書有所干求故發此相須之言以挾制之期於必聽豈聖賢道德之言邪况於此書前後篤志進學之意亦不相類而足下引用其中誠所未喻夫以足下致書盡禮如此豈可輙於辭語之間洗垢索瘢誠愛足下之深務期造於醇正之地故耳幸勿以爲狂耄而鄙外也及覼佳作數篇辭意高古可喜但爲文貴條暢只看晦菴草藳之文如行雲流水理明意到初無險礙

讀之令人快然於心二儒詩文累牘可謂多言矣於道不惟
無害而且有所發明更望足下取法焉

與安南國王書七　　錢溥

一（委廣西南寧府差官齎至本國界）

欽差冊封正使翰林院侍讀學士錢溥副使禮科給事中王
豫會同　欽差司禮監太監柴昇奉御張榮端肅致書于攝
安南國王竊惟善處世者貴達經權之道而善知人者在察
誠偽之幾使知經常可守而不達權時之宜膠柱鼓瑟之人
爾焉望世之能處哉人多欺偽之弊而已無先見之明坐井
觀天而已爾尚何人之能知哉此天下不能無是事也竊欲
偽王言之王寔始封安南國王之孫傳父及兄至王蓋四世
矣況王材足以靖亂賢足以得國禮請
天朝名正而言順可謂適經而與權一誠而無偽者而何待
於言爲哉今王發政施仁之始正百官承式之時使往事之
未明恐後疑之復啓故言之不能以自已也初黎氏得國于
陳我　朝廷念陳日熞率先歸附世貢不絕恐視其子孫滅
亡而不顧哉一舉俘獲以爲內屬且俟其子孫之可復者奈
訖無可復之人而王祖又爲國人所依附遂俯順其封以與
我南服傳及三世好同一家豈意琮賊以庶篡嫡眛死來求
且曰游湖自溺意在不弔其忘君之心見矣　朝廷速命信
使往封冀朝發而夕至其國詢及溺死之故則琮必難爲言
曰君其問諸水濱也歸言于　朝豈無偏師及境以一正其
罪邪使將及境琮已就討且告訃請封之使來即遣行人往
祭而尤恐復有如琮之請者乃遣錦衣使者偕廣西巡按御

史及鎮守三司官私干境上而知王爲第四子毋子皆賢禮
所當立然後命溥等爲使以錫封焉則我　朝所以保黎氏
而惟恐立非其正者豈下於保陳氏哉凡遣使至京翺翔萬
里聽其所往樵易有無入市不變如子於父毋家任便取適
而已豈有密切僞爲之計哉此皆王之所知也又聞
太祖高皇帝平定之初安南首至而朝鮮稍後且不誠
聖諭切責之曰汝所恃者一海爾汝能恃之我亦能渡之遂
格心向化表于東土幾百年矣頃與女直等國有僭越志諸
國來聞使行人私焉頗得其跡遣給事中張寧賫詔往問
王即滿伏叩地至不能起且責之封人而已不知安南[illegible][illegible]侵占城故
臣言及此哈密越在流沙萬里外實西域諸番之門戶其王爲下
所弒毋老子幼勢亦殆矣毋太妃來聞遣通事沙廷玉率其
類數十人往立其子得元惡十有八人太妃曰此
天朝所得宜即天刑遂檻赴京師以正其罪安南違歲篡奪[illegible][illegible]請正天討
故臣[illegible]之使則我　朝於四方萬國抑强扶弱植顚起仆使之各
寧土宇而同享富貴于無不覆載之中寔父毋其心天地其
量而日月其照臨也較之安南臣伏南陲謹守禮法而聲教
之外不煩于我一使者宜保其後待其使有加于諸國也而
何我使初入則言語不交主僕星散过涉峻嶺迫逼兵械使
人臧頓抑塞而不安如待以暴客然者其果出於誠乎既至
而待之則自徐侍郎等來以東西向坐邊行人等來以南北
向坐至黄卿等來則書往復數番辯至七日而始定爲並南
向坐然則何爲是不同乎豈顚倒我豪傑而使之爲間乎抑
禮始粗備至是而將定乎願明以告我也元史載世祖詔安

南曰來奏有一家之言今聞耨刺丁云彼多回鶻禁約不扣交談果如是言一家之禮有如是邪其後俗終不變卒至兵連禍結而國僅存幸入我 朝而始靖豈更化又百年而習俗終未變邪傳曰魯不棄周禮未可動也又曰晉未可媮也其朝多君子季札聘魯見舞簫韶而嘆盛德孔子見郯子得聞官制而曰天子失官學在四夷是皆以禮樂制度維持其國於同室傾危之時罔以內外而有間也況我 朝之於安南一惟禮文相與而各極事大字小之誠而何獨不誠於待使邪或者居先王之左右者好是佞偽以爲功也故於王初卽政而言之溥等叨

天子侍從密勿之臣加以太監等又 帷幄寵臣故特簡

命與之偕來王亦知非往使比矣果能改而待之以誠否乎

王宜速令使者出境相候擇定吉日并迎接開讀宴會坐向等儀注來勿事退讓以勤往復務酌古而準今之宜華溥而從忠之厚將於是乎觀禮毋徒諂曰未見顏色而言謂之瞽也溥等肅奉

二回儀注

欽差襲封正使翰林院侍讀學士錢溥副使禮科給事中王豫會同 欽差司禮監太監柴昇奉御張榮端肅致書于攝安南國王惟安安南素稱文物邦其畏天事大之誠固無所不至而獨於待使之禮尚有所不一者故溥等奉

聖天子恩命觸萬里炎熱而來方抵南寧卽馳書于王願聞所以不一之故庶將事之際有恪而無疑也比入關二日王遣阮善來曰不敢回書惟見教王之意厚矣然鍾未有不扣

而自嗚者故諭善以復曰王其無書決難定禮且使聞諸執政者曰國於是時當開心見誠勉圖中道以成吉禮不宜往復論辯使王心不安爲此言者譬人之受病誤餌其藥則病雜矣後之醫者不發其源而究之將何以臻效故善回甫五日果以王書來始知所以不一者禮雖無據言則可信是受病之源已見而求療之心亦篤矣然尤持二端而未一者尚恐投劑之復誤乎噫是未暇與深辯也令夫禮者所以辯上下而定民志也辯以明其分之不一定則恊其志于克一大抵一則誠二則雜書曰德惟一動罔不吉德二三動罔不凶此之謂也玆欲合二三而一之蓋有

祖宗之定制在定制者何　大明集禮一書我

太祖議禮以一天下者也其間載安南宴坐與夫頒　詔儀

注甚詳何王之先君不此之求而惟以洪武禮制　詔行司府者言之宜有以來並坐向南之説也雖然昌歜薄味也而周公辭之謂無德不敢以當備物之享繁纓小物也而孔子惜之謂名器不可以假人古之謹禮於微也如此而况我

祖宗定制布在方冊昭如日月而敢昧之以貪殊禮况今頒

詔授封領勑之禮竝行謹按集禮所載而參以禮制及古禮之可行者共爲儀注六條王其嚴命有司行之豈惟有以新子之國亦克求世而無愆矣幸毋惑於故老之談曰吾先君未之行也而忽焉溥等肅奉

三論禮不行

欽差襲封正使翰林院侍讀學士錢溥副使禮科給事中王豫會同　欽差司禮監太監柴昇奉御張榮端肅致書于攝

安南國王前書回云宴坐之禮前輩講定至黃卿始爲不足法劉行人能不改其舊此皆無據之言而可以服吾輩乎可以服天下後世乎宜黃卿執之爲是也僕等想王之爲此言者技止乎此故不復與辯而直以古今大禮相與講而行之蓋以洪武禮制所載皆詔行有司而未及蕃國　大明集禮所載有詔行蕃國而未及封拜故酌古準今而成此使其眛此而一以禮制竝坐向南執之則王亦何辭以辯而僕存此心其如國之山川鬼神何王不復察此又欲易國卿之禮如殿坐之儀則已自王之矣何必請
命九重之上而勞人萬里之外哉若曰
王命未宣而未敢遽相勞則天下豈有不飲食而行事者蓋與王初見又在禮不在物也噫惟天不可以爲欺惟人不可以僞感王其察焉若夫漢語國音竝用兩不相疑何失之有冕服之制以俟奏　請而行可也誠欲相見請改書以從溥等謹復

四　再論禮

欽差襲封正使翰林院侍讀學士錢溥副使禮科給事中王豫會同　欽差司禮監太監柴昇奉御張榮端肅書致攝安南國王竊以出郊迎勞之禮當盡賓主南北之說者公館非殿也冠服猶卿非王也是宜執禮度於分內溢慰論於言表然後導迎　恩命宣揚國都東西宴會以如儀彼此交驩而成禮豈不隆一代之美談彰一時之盛事哉是皆發乎至情合乎中道可以坦然由之而無疑者而王獨不此之信謂天命不足畏而可以坐致之謂天使不足敬而可以王禮忽之

將猶楚子受玉而惰成子受脤不敬之歸矣豈知魯公如晉
悼出國都以接之向戌來曾襄盟于劉以待之而皆不以爲
過者哉今王天資高邁學問淵篤禮足以行已和足以得衆
宜有出境待人之謙而無情與不敬之失矣然猶致是之紛
紛未決者毋乃異論以惑之乎繼今當名自宮中府中以及
街衢奔走遊說之徒而問曰 天使駐節於近郊有日矣當
以卿禮接之乎抑以王禮加之乎彼必無貴無賤無長無幼
無遠無近咸應之曰宜以卿禮接之王則得封而後可然後
遣一介來曰王悟矣敢犒于執事則僕等何辭之有亦何煩
異論之有茲承阮堵阮廷美來詢動止遂布此以聞惟王勉
自勵焉溥等謹復

五 辭送禮物

欽差襲封正使翰林院侍讀學士錢溥副使禮科給事中王
豫端肅書復安南國王伏自寓館以來王之牢醴餼稟自盈
于始而謙撝敬慎不替于終行人何以臻此瀕行又辱贐遺
感愧何量然嘗聞之宋人或得玉獻之子罕子罕弗受獻玉
者曰以示玉人玉人以爲寶也故敢來獻子罕曰爾以玉爲
寶我以不貪爲寶若以與我皆喪寶也不若人有其寶茲者
奉 德音揚 清光惟恐弗職以忝 恩命若受之豈惟失
寶抑速戾滋甚矣古人有曰事大在共其時命字小在恤其
所無王之事 大雖國所無亦克唯 命是共矣此末之能
恤也而況厚贐之復加哉用此敢辭不宣溥等同拜

六 辭送私贈

欽差襲封正使翰林院侍讀學士錢溥副使禮科給事中王

豫端肅致書于安南國王䏻者迎 恩亭上荷王執盃眷戀之深送舟疑竚之久斯情何以云喻又況贈賄之辭未畢而納善之禮復加舟次之拒巳絶而馳遣之使即來此將物以表其情也殊不知物盡則情亦盡矣曷若泯其物而使斯情恒懸懸于中哉關山迢遞日遠日深瞻仰無由豈勝既念不宣溥等肅奉

七 再辭私贈

欽差襲封王使翰林院侍讀學士錢溥副使禮科給事中王豫端肅致書于安南國王奉違以來蒙遣近臣黎弘毓阮堵等伴宿二人學行周洽寔王所任使親信之臣不可以一日離者特徹以祖送至於浹辰之久幾乎千里之遠而不恤是固敬事

朝廷以及行人之禮然而加厚斯文之情亦有在矣孰意行囊復出所辭納善之金以溷我行李則王所以愛之者又何若是其深哉夫禮無加貨事無二成古之使者嘗謹於此矣用是返璧奉無見譴非此二人不能盡其情也乘此清風欲歸去而南望青冥不過一輪明月共照此心而巳溥等肅奉

與王大理同節論文書　　劉定之

陰德三積之序殆非司馬君實之言考於本集無之昔者孟子謂今之人脩天爵以要人爵董子謂仁人正誼不謀利明道不計功以其所脩所正所明者雖是而其要之謀之計之者其心非也若君實云積陰德以爲子孫長久之計則亦今之人而非仁人矣司馬君實者孟子與董仲舒之徒也而爲此言尚安得從二子之後以至今立於孔子之廡乎君實之

相其主以改新法也人懼之以禍則曰天若祚宋必無此事病且殆猶曰死生命也爲之益力夫改新法而不避後患豈有積陰德而欲圖後福也哉故愚謂此非君實之言也今人以此言爲出於君實者取信於趙子昂所書子昂要爲不足以知君實者其畫人馬竹梅工書能詩蓋王摩詰李伯時之流當其存日見輕於姚燧良有以也且多寫老釋二氏之書其自稱曰三教弟子何足以知君實哉本其以宋宗室立宋之朝宋亡而臣元大節已失故自放於詩酒書畫之域後之君子不於其言行取信焉可也

皇明文衡卷之二十八

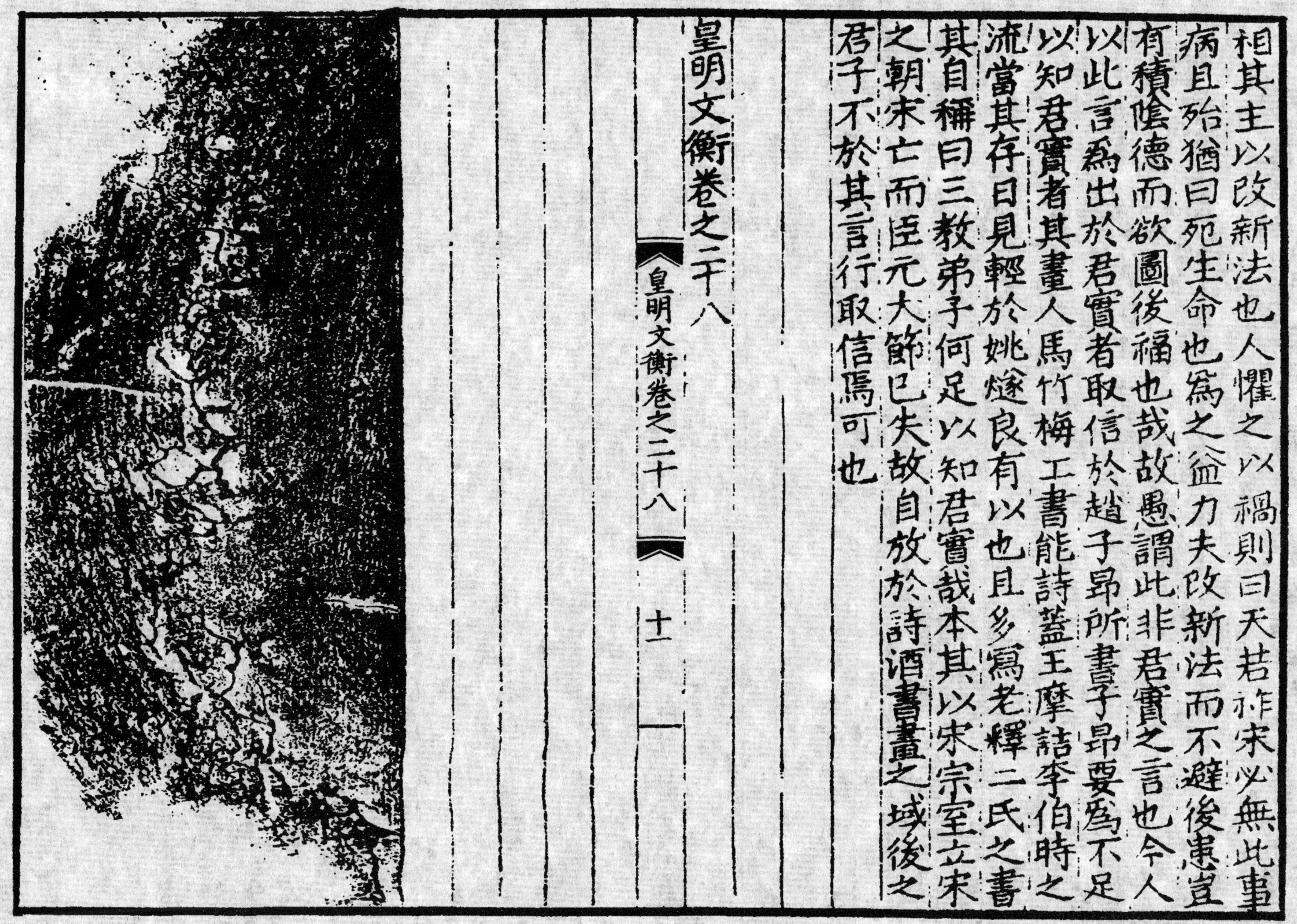

記

閲江樓記　宋濂

金陵爲帝王之州自六朝迄于南唐類皆偏據一方無以應
山川之王氣逮我
皇帝定鼎于兹始足以當之由是聲教所暨罔間朔南存神
穆清與天同體雖一豫一遊亦可爲天下後世法京城之西
北有獅子山自盧龍蜿蜒而來長江如虹貫蟠遶其下
上以其地雄勝詔建樓於巔與民同遊觀之樂遂錫嘉名爲
閲江云登覽之頃萬象森列千載之秘一旦軒露豈非天造
地設以俟大一統之君而開千萬世之偉觀者歟當風日清
美法駕幸臨升其崇椒凭闌遥矚必悠然而動遐思見江漢

之朝宗諸侯之述職城池之高深關阨之嚴固必曰此朕櫛
風沐雨戰勝攻取之所致也中夏之廣益思有以保之見波
濤之浩蕩風帆之下上番舶接跡而來廷蠻琛聯肩而入貢
必曰此朕德綏威服覃及内外之所及也四夷之遠益思有
以柔之見兩岸之間四郊之上耕人有炙膚皸足之煩農女
有捋桑行饁之勤必曰此朕拔諸水火而登于衽席者也萬
方之民益思有以安之觸類而推不一而足臣知斯樓之建
皇上所以發舒精神因物興感無不寓其致治之思奚止閲
夫長江而已哉彼臨春結綺非不華矣齊雲落星非不高矣
不過樂管絃之淫響藏燕趙之豔姬一旋踵間而感慨係之
臣不知其爲何説也雖然長江發源岷山委蛇七千餘里而
如入海白涌碧翻六朝之時往往倚之爲天塹今則南北一

家視爲安流無所事乎戰爭矣然則果誰之力歟逢掖之士有登斯樓而閱斯江者當思
聖德如天蕩蕩難名與神禹疏鑿之功同一罔極忠君報上之心其有不油然而興邪臣不敏奉
旨撰記故上推宵旰圖治之切者勒諸貞珉他若留連光景之辭皆畧而不陳懼褻也

瑯琊遊記

洪武八年十有一月壬子
皇上以　皇太子暨　諸王久處宮掖無以發舒精神命西幸中都沿道校獵以講武事濂實奉詔扈從十有二月戊午次滁州驛濂進啓曰臣聞瑯琊山在州西南十里晉元帝潛龍之地帝嘗封瑯琊王山因以名頗聞秀麗偉拔爲淮東奇觀願一遊焉而未能也敢請
皇太子驩然可之卽約四長史同行　秦王府則林伯恭　晉王府則朱伯賢　楚王府則朱伯清　靖江王府則趙伯友遂自驛西南出過平皐約三里所望豐山盤互雄偉出瑯琊諸峯上唐梁載言十道志又云豐亭山山上有漢高祖祠又有飲馬池世俗妄傳漢高祖曾飲馬于此
國朝以山麓爲畜牧之場別鑿池飲馬仍揭以舊名居人指云山下有幽谷地形低窪四面皆山其中有紫微泉宋歐陽公脩所發泉上十餘步卽豐樂亭直豐樂之東數百步至山椒卽醒心亭由亭曲轉而西入天寧寺今皆廢唯凉烟白草而已濂聞其語爲悵然者久之山東南有栢子潭潭在深谷底延袤畝餘色正深黑卽歐陽公賽龍處上有五龍君祠

皇上初龍飛屯兵于滁會旱暵親挾雕弓注矢於潭者三約二日雨如期果大雨及
御寶曆爲作欄楯護潭且新其廟廟側有時若亭濂坐亭上問潭側雙鷰洞及其南白鴿洞以肆窮覽人無知者乃止復西行約三里許有泉瀉出於兩山之間分流而下曰醸泉潺湲清澈可鑑毛髮傍岸有亭曰漸入佳境今亦廢唯四大字勒崖石間淳熙中郡守張商卿等題名尚存沿溪而上過醉老橋入醉翁亭亭久廢名人石刻頗翳兵後焚煉爲堊殆盡亭後四賢堂亦廢亭側有玻瓈泉又名六一泉石闌覆之闌下壓以巨石中疏一竅通泉徑可五六十手掬飲之温是日天陰雪花翩翩而飄伯清倡曰雪作矣不還將何爲濂遊興方濃掉頭去弗顧其步若飛歷石徑一里所至回馬嶺伯友

追而至伯清繼之伯友曰二客足力弱不能從矣二客伯賢伯恭也其謂回馬者建炎寇盗充斥郡守向子伋因山爲寨植東西三門西曰太平東乃回馬也嶺之東有醴泉又其東南有栲栳山山之南有桃花洞又南有丫頭山山之下有熙陽洞皆未暇往蛇行磬折篁莽白葦間莽不知所之宋熙寧初僧崇定獲佛舍利六百壘石爲四十九塔於道隅壘壘如貫珠塔雖廢幸有遺址可憑徑行無疑其路若窮又復軒豁盖峯回路轉九鎖而至開化禪院院在瑯琊山最深處惜乎山皆童而無蔚然深秀之趣唐大曆中刺史李幼卿與僧法深同建此院即張文定公方平寫三生經處三門外有觀音泉入院皆瓦礫之區唯新構屋三楹間中施佛像僧經寧出速坐方定龍興院僧德學同

太子贊善孟益　秦王伴讀趙鏞　吳王伴讀王驥　楚王伴讀陳子晟聞濂入山咸來會晟云太子正字桂彥良懋六一泉上亦足弱不能進恐隨二客歸矣寧具飯飯客飯已寧引觀庶子泉泉出山罅中乃幼卿所發李陽冰所篆銘銘已亡張億書三字碑亦斷裂卧泉下石崖上多諸儒題名陷爲一方鐫勒其中自皇祐淳熙乾道以來皆有之字或篆或隸或楷或可辨或不可辨山之東西在在皆然不特此泉也泉之南有白龍泉禱雨多驗童行堂下有明月溪稍南有吳道子畫觀音及須菩提像刻石壁上傍鐫淮東部使者八八舜臣琅琊山記頗不合文體爲之破顏一笑又稍南有華嚴池由明月而上入歸雲洞訪千佛塔遺址過石屛路俯窺大曆井井亦幼卿所鑿沿山腰陟磬砣嶺遠望大江如練鍾阜若

小青螺在游氣冥茫中嶺下有琅琊洞洞廣兩室中有一穴深不測名人題識無異庶子泉懼日夕復不暇往焉自幼卿傳求勝跡鑿石引泉以爲溪左右建上下坊作禪室琴臺後人頗繼其風山中之亭幾二十所而日觀望月爲尤勝今荊榛彌望雖遺跡亦無從求之可歎哉夫亭臺廢興乃物理之常奚足深慨所可慨者世間奇山川如琅琊者何限第以處於偏州下邑無名勝士若幼卿者黼黻之故潛伏而無聞焉爾且幼卿固能使琅琊聞于一方自非歐陽公之文安足以達於天下或謂文辭無關於世果定論邪然公以道德師表一世故人樂誦其文不然文雖工未必能人傳也傳不傳亦不足深論獨念當元季繹騷竄伏荒土朝不能謀夕今得以廁跡朝班出陪

帝子巡幸而琅琊之勝遂獲窮探豈非
聖德廣被廓清海寓之所致耶非惟瀼等獲沾化育生成之
恩而山中一泉一石亦免震驚之患是宜播之聲歌以侈
上賜遊觀云乎哉因取醉翁亭記中語風霜文潔水落石出
字爲韻各賦一詩授主僧紹廣刻諸山石云

遊荊塗二山記

瀼既遊琅琊山起行至池河驛適郵卒遞內使監公牒至及
開緘中藏濠梁古跡一卷　宸翰親題其外令瀼搜訪與
青宮言之瀼因啓曰臨濠古跡唯塗荊二山最著圖經塗山
在昔鍾離縣西九十五里荊山亦在縣西八十三里二山本
相聯屬而淮水繞荊山之背神禹鑿開使水流二山間其踈
鑿之蹤故在人思其功迄今弗能忘

青宮曰至中都當往遊焉余將度淮狩于王莊先生宜泝流
而上屆今懷遠縣以俟瀼奉　教行以洪武乙卯冬十一月
乙巳發舟庚午日曛始泊縣西門而
青宮已駐驛於門東五里矣辛未瀼上謁
青宮下令以壬申遊二山瀼至期約懷遠文學掾王景彰宿
舟中黎明權舟至塗山足曳杖入山山傍廢址舊皆民廬前
度石梁復斗折而北累石爲墉多藝椒之園行可三里餘視
大磐石青綠間錯頹然欹足坐諦視之乾蘚交封之耳間有
草生石上高一尺其花可玩不假土力人取懸檐間呼爲石
蓮華復行四里所巖石犖确揷起道左危傾欲飛墜復二里
所微徑入灌莽抵巖罅貯泉一泓味甚甘覆以生茨曰聖水
亭取水以禜雨多驗復一里餘至山巔禹廟在焉廟已毀唯

太子正字桂彥良　晉府長史朱伯賢　楚府長史朱伯清
吳府伴讀王致遠及景彰云後一月某日記

宋九賢遺像記

濂溪周子顏玉潔頷以下漸廣至顴而微收然順下豐腴脩目末微聳鬚疏朗微長頰上稍有髯三山帽後有帶紫衣褒袖緣以皂白內服緣如之白裳無緣舄赤色袖而立清明高遠不可測其端倪程子色微蒼甚瑩貌長微有顴眉目清峻氣象粹夷髯四垂過領袍土黃色無緣內服領以白皂緇帽簷高白履和氣充浹望之崇深伊川程子貌勁實顴微收色黃而瘠目有稜角髯白而稍短在頰者左短而翩翩若飛動帽袍與履咸如明道儼而立剛方莊重凜然不可犯康節邵子色微紫廣顙身頎然有顴特然其下癯骨爽而神清鬚長

過領內服皂領帽有翼圍之袍緇履如伊川聳肩低袖手立而睨視坦而莊和而能恭橫渠張子面圓目以下微滿而後收色黃鬚少短微濃衣帽類康節履亦如之高拱正立氣質剛毅德盛而貌嚴溫國公司馬子色黃貌癯目峻準直鬚疎而微長半白在耳下者亦半垂耳輪闊微向面幅巾深衣大帶加組方履黑質白絇繶純綦前微下而張拱指露袪外有至誠一德不以富貴動其心之意晦庵朱子貌長而豐色紅潤髮白者半目小而秀末脩類魚尾望之若英特而溫煦之氣可掬鬚少而疎亦強半白鼻與兩顴微齇齇微紅右列黑子七如北斗狀五大二小六在眉目傍一在顴外一在脣下鬚側耳微聳毫生竅前冠緇布冠巾以紗御上衣下裳皆白以皂緣之裳則否束緇帶躡方履履如溫公拱手立舒而能

恭南軒張子姿貌恢偉眉目聳秀白而潤豐下少鬚神采瀟然椰冠紗巾道服青皂緣繫以絛履白坦蕩明白使人望而敬之東萊呂子形貌豐偉顏色温粹眉厚而秀髭淺而有衣道服皂緣冠幅巾躡皂履望之似嚴毅就之如入春風中金華宋濂曰天生九賢蓋將以明斯道也今九京不可作矣濂寤寐思之而無以寄其遐情輙因世傳家廟像影參以諸家所載作九賢遺像記時而觀之則夫道德冲和之容儼然於心目之間至欲執鞭從之有不可得於戲九賢亦夫人哉

新雨山房記

諸暨爲紹興屬邑與婺鄰　國初得婺時僞吳張氏相持未決兵守諸暨界上張氏恃諸暨爲藩籬乘間出兵侵掠兩軍屠戮無虛時故諸暨被兵特甚崇甍巨室悉火爲瓦礫灰燼竹樹花石伐斷爲樓櫓戈砲樵薪之用民懲其害多徙避深山大谷間棄故址而不居過者傷之今
國家平定已十餘年生民各安其業吾意其中必有修飭室廬以復盛時之觀者而未之見今年邑士方伯脩爲余稱其友張君仁傑居諸暨北門之外故宅昔已燬及兵清事息始闢址夷穢創屋十餘楹旁植脩竹數百四時之花環藝左右琴床酒爐詩畫之具咸列于室仁傑未亂時嘗有禄農至今郡縣屢辟之輙辭不赴以文墨自娛甚適號其室曰新雨山房顧得余記之一室之廢興爲事甚微然可以占世之治亂人之勞佚非徒然也方兵革之殷人有子女金帛懼不能保雖有居室寧暇完葺而知其安乎糗粱芻茭之需呌號徵達者填于門雖有花木之美詩酒之娛孰能樂之乎今仁傑獲

俯仰一室以察時物之變窮性情之安果誰使然也非上之人撥亂致治之功耶自古極治之時賢且能者運於上隴畝之民相安於下而不知其所由然飫飽歌呼秩然成文成周盛時之詩是也安知今不若古之時耶仁傑其試爲之余他日南歸駕小車過北門求有竹之家而問焉仁傑尚歌以發我余當鼓缶而和焉

五洩山水志

五洩山在婺杭越三州境上北距富春南據勾無東接浦陽其山水最號奇峭齊謝玄卿嘗以採藥深入其中而宋刁景純吳處厚亦頗游焉自西坑嶺入過遇龍橋北行二十步始入西源前横一溪水甚寒履之如冰由溪而前徑小潭傍有憔石突起類大甕釘覆乃捫石而登一失足輒墜又行二里所地稍夷曠怪石四瞰峯巒環列獻狀其紋縈縈然類神工鬼斧所雕刑者山多猴遊人或恐之撒石亂下如雨又前行半里所泉自石竇中出瀏瀏作聲若琴若笙竽泉西流匯爲小窪瑩澈泓澂毫髮不隱儵魚數尾洋洋往來如行琉璃瓶中見人至潜去窪左大樹離立極怪偉倒影入水中如畫又前行五十步大石關道相傳有岩角肖鷹喙忽夜大雷雨喙崩下聲聞二十里又行三十步榛篠成林翠光浮映衣袂成碧色山蟲崖虵奔遶後先瞬目失所在至此則氣象陰幽絕不類人世如升蓬嶠坐水晶宮生平烟火氣消盡又自山腰緣葛而前竹籜覆地厚動足輒仆又過十步許抵小潭小潭上曰西潭流水傾沫成 曰簾瀾可七八 尺冉冉下注滑而無聲兩傍石崖峭立皆蝕蘚暈時有水珠 紙紙滴下歲旱鄉民

禱龍於此遇禱水或湧取蜥蜴入瓶盂中持以歸多驗自遇龍橋至此約可五六里皆蛇盤磬折路行若窮又復軒敞其中勝致難得具記或言潭上有石河從石河至三臺塔人跡罕至莫詳也尋故路而出斜迤而東過香爐峯峭拔上有石類香爐故名香爐北有峯圓而童名鉢盂峯或曰背東既鴈蕩又名鴈蕩峯由鴈蕩而南時有白雲覆於谷者曰雪峯屹然人立者名玉女峯嶄嶄勢欲柱天者名天柱峯其他諸峯星聯肺附登名圖籍者蓋七十有二焉復從崖東折度畧彴橋趍三學士院唐靈默禪師道場師嘗降龍於此遺跡尚存由院北深入又百餘步至東瀑潭上飛瀑可二十丈瀑怒夆倒擊崖竅中若運萬斛雪從天擲下白光閃閃奪人目睛至潭底輒復逆上有聲如輥雷人唉語咫尺不能辨猶聞甕

中聲居人云每天風一號四山林木震撼欲折黑雲下罩沓不知昏曉歲多投龍者其多驗如西潭復北折而西泝潭之源登響鐵嶺度紫閬山村人多舍篁葦間有平臯數百畝可耕概傍公石河又行一里所地名石鼓足頓之鼕鼕鳴越十步至第一潭潭如井朊之正黑投以小石鏘若佩環又越十餘步至第二潭圓如錡釜而廣而底敞大水驅亂石聚其內迸湍復淺去潭下石壁百餘尺險不可寘足從其右懸藤墜下至第三潭潭甚深以線縋之下不見底其形方狹而長天向陰常有雲氣從中起疑有蛟龍潛其下人恒以幽悄爲病第四潭咸不敢往或以綱圍腰繫巨杙俯崖而瞰潭左右皆楓木其形大槩如第二潭而廣表倍之側有晉劉龍子墓相傳龍子嘗釣于潭得驪珠吞之化龍飛去後人爲壘石作塚

或云龍子之毋獒馬世遠不可辨又其下至第五潭即東潭因其水五級故名之爲淺云噫造物之委形山水者其奇峭有是哉

尚節亭記

劉基

古人植卉木而有取義焉者豈徒爲玩好而已故蘭取其芳諼草取其忘憂蓮取其出汙而不染不特卉木也佩以玉環以象坐右之器以欹或以之比德而自勵或以之懲志而自警進德脩業於是乎有裨焉會稽黃中立好植竹取其節也故爲亭竹間而名之曰尚節之亭以爲讀書游藝之所澹乎無營乎外之心也予觀而喜之夫竹之爲物柔體而虛中婉婉焉而不爲風雨摧折者以其有節也至于涉寒暑蒙霜雪而柯不改葉不易色蒼蒼而不變有似乎臨大節而不可奪

之君子信乎有諸中形於外爲能踐其形也然則以節言竹復何以尚之哉世衰道微能以節立身者鮮矣中立抱材未用而早以節立志是誠有大過人者吾又安得不喜之哉夫節之時義大易備矣無庸外而求也草本之節實枝葉之所生氣之所聚筋脉所湊故得其中和則暢茂條達而爲美植反之則爲瞞爲液爲瘻腫爲樛屈而以害其生矣是故春夏秋冬之分至謂之節節者陰陽寒暑轉移之機也人道有變其節乃見節也者人之所難處也於是乎有中焉故讓國大節也在泰伯則是在季子則非守死大節也在子思則宜在曾子則過必有義焉不可膠也擇之不精處之不當則不爲暢茂條達而爲瞞液瘻腫樛屈矣不亦遠哉傳曰行前定則不困平居而講之他日處之裕如也然則中立之取諸竹以

名其亭而又與吾徒遊豈苟然哉

畏所記

胡翰

常山邑丞劉彥英嘗自溧水辟地扺吾婺數過從論學及領邑事又數於衢郡見之間語余曰吾於世無所取長自家庭子弟從師受學長而服官政隨牒四方恒若弗勝也弗逮也人以吾爲畏焉吾念之固然計吾得者以畏也失者亦未必非畏也因名其室曰畏所願乞記於下執事余謝不敏今年閒余病且免歸其請益固迺作而言曰君子處天下之至約而不戚服天下之至賤而不愧履天下之至險遇天下之至變而不駭且亂中立而不倚內省而不疚惡乎畏也苟得志雖富且貴焉當大任於廟堂之上決大議於人主之前一言定國不變色而利澤加於民若舉而措之惡乎畏也吾聞之天體物而不遺人物之生日用之間莫非天命之流行念慮有一不誠焉言動有一非禮焉雖至隱至微也而人僞參之天命幾乎息矣操舍之頃存亡之幾也敬怠之萌吉凶之辨也今君之畏詎不以是乎則吾知之矣以是而畏之唐虞三代之聖人猶兢兢業業孜孜慄慄翼翼亹亹不能一朝夕寧也書曰迪畏蹈而畏之也又曰寅畏敬而畏之也又曰抑畏謙而畏之也皆所以畏天也詩曰胡不相畏小人無所忌憚不知天者也不知天者不當爲而爲之知天者不當爲而不爲當爲而不敢不爲之故其畏也非恇怯也非委靡也又非有操切之者昊天曰旦與爾游衍昊天曰明與爾出王君子知之故無不畏仲尼著其三其致一也余與劉君皆學仲尼之學者而余恇怯委靡恒患不振竊觀於劉君方兵興時脫

身危亡疾疫之中奉其母夫人以行歷數歲而返于鄉閭高年無恙不失人子之道一弟三子自爲師友不廢義方之訓雖仕官非其志也邑人親之官事不嚴而集其立心行已加於余矣在易之乾以惕無咎在震以恐致福君何失乎以君懷恐惕之心求免於戾則非也天下有任重道遠而負育不與焉者吾於君之名室寧不重有警云

青霞洞天游記

道家所謂青霞洞天者世名爛柯山卽晉王質觀奕棋處在今信安之興賢里余客信安頗久非有吏事恒願游以乏同志不果今年夏六月七日龍泉章公三益來按郡乃會諸生出城南門輿行十里至武坪又數里渡沙步溪又出入篁蓧中十餘里抵山之麓有寺曰寶嚴觀曰仙集棟宇皆已剝陊

日午熱甚道士具茗列坐久之湫隘猶民家耳道士除道遂循觀右拾級而上飛梁横亘通趾頂皆石蜷如蝘蜓其下劃然可居得地如砥者東西深百餘尺廣半之巨木蔽空公與諸生皆集飄風泚木葉虛徐漫行後先不絶凉潚襟袖如坐碧雲蒼雪間求昔人之遺刻唐宋以來陸庶錢顗徐霖游釣諸名輩往往可識其他漫漶雖欲識之不可得然惟庶碑最古侍者行酒數行已余與客吴思道旁緣石磴登山之脊出所坐梁石上四顧皆林阜溪流地行野中東南諸峯矗立蒼翠晻靄則紫微也最後公亦挾一童登之復坐縱談問道士故梅巖精舍所在莫有知者日且暮悵然有懷質與余皆東陽人書石曰闕逢執徐之歲有晉樵者之里人胡翰入山與客六人共飲未醉輒去翰記

香溪仁惠廟禱雨記

洪武十有一年夏六月不雨環郡之邑厥田高者與拆下者剛燥陂澤既竭原泉不通稼日就槁農民告病郡邑脩禱祀之禮籲天叩神或應或否而旱熯如故洎秋七月不雨農民告病益急從政者患之蘭溪距郡五十里其邑旱不爲灾踰邑而西又二十五里爲香溪入其疆則其澤之竭者演而注其土之焦者淖而沃田間芃芃皆美稼也余爲愕且喜問諸父老皆曰先是固旱矣農告病矣頼吾司征之長吉安劉君思忠而免於歉乃六月巳丑君率父老禱于里之偃王廟合百神而享之明日丙寅入蟠山禱于天津廟廟故有大神曰澤潤曰澤沛蓋司龍者也迎而致之及途而雨越三日戊辰又大雨猶未洽也七月癸酉君露跣道上禱之益虔明日甲戌神應之以雨越三日戊寅又大雨吾稼仰之以足靡不就實是則神之賜也君之貺也吾民戴之每食恨不尸而祝焉余聞而愈愕劉君非有民社者曷爲而及是哉既而過友人之門陳如圭氏吴德璋氏皆曰誠如父老言然不唯寧是徃年禱雨脫我於蘊隆之毒亦惟君僂僂以將事吾懼無以報之則著爲詠歌之辭而今又重蒙德焉其感而應也灼有徵矣向使吾二人言之人孰信之使吾鄉人言之雖信而未必深也今先生幸辱臨兹土而寓目焉咨及下走走不敢隱懼余言不足以侈君之貺不於先生圖之而孰圖之先生苟不鄙夷得託諸文字庶其傳信矣乎余謝而退他日童良仲至郡則具其事以請春秋譏不閔雨而著喜雨善其有志於民也今郡邑猶古侯伯之國從政者孰不有志於民寧風旱

逆時雨凡禮之所當爲者悉致力焉而猶莫能致其所難必
劉君一司征耳其職不過權貨財督稅課取諸商賈之類與
郡邑有民神者異矣顧不忍農人之無稼殫厥心而拯之天
亦輒應之豈有他哉宇宙分事即吾分事昔江西陸子嘗有
是言君固習聞之矣況其近者一視同仁而無間可也天之
仁愛吾民恒欲厚其生不幸而丁斯之旱豈使之無孑遺哉
故一夫致其格一鄉遂其育積誠之至則天心順成之矣余
取鄉人之言論著君之美以見喜雨者能閔雨也不臨民而
有志於民尤所善也此春秋之義是宜書之以告來者

開先寺觀瀑布記

王禕

廬山南北瀑布以十數獨開先寺所見者最勝開先瀑布有
二其一曰馬尾泉其二在馬尾泉東出自雙劍香爐兩峰間

爲尤勝或曰瀑水之源昔人未有窮之者或曰水出山絶頂
衝激入深澗西入康王谷爲水簾東出香爐峰則爲瀑布也
十一月十八日日南至余約郡守呂侯肩輿十數里至開先
主僧志一作丈室未成邀坐茅屋中乃訪漱玉亭却至龍潭
石峽口由寺至亭可二百步由亭至峽口僅數十步蓋自遠
觀之瀑布出自兩峰間如瀉天半由近而觀則二瀑下注匯
爲重潭潭水出石峽乃爲溪循山足東流以入於彭蠡當峽
口仰望但見水從潭中出巖谷回互二瀑所從來不可復見
矣峽石上刻青玉峽及第一山字大二尺米芾書也石間多
題名石祐字畫淺初不可悉辨命左右掬水沃之字乃見大
率宋南渡後人其人無聞者居多可識者纔十二三因慨君
子惟植節砥行乃可不朽苟不出此雖托名岩石未久人不

識也又從石壁間讀淳熙中郡守禱雨神龍示現事一公爲余言歲春夏交大雨後瀑水盛潭遂溢積葉墜梗皆蕩滌去不留謂之龍洗潭或歲旱人來取水潭中禱龍神輒有應至今常然回坐亭阯上亭廢已久亭下池亦爲石所堙初寺僧作石霤接潭上引水至寺中給庖湢又鑿石作此池即蘇長公賦詩處也徑八九尺霤水從潭上來流入池乃從池中復入霤以去而石霤廢亦十五六年命一公葺之一辭力弗贍也明年三月廿六日雨初霽郡中又無事復約呂侯及通判羅從道幕賓徐君彌姬執中星子令葛俊德游焉比抵寺諸公皆先詣一公余獨徑往潭下坐石上瀑水方怒潟奔騰盪激聲震如萬雷令人心怖神悸股戰栗不休頃焉諸君至見余獨坐又顏色變皆拍手呼大笑然水聲洶洞呼笑聲亦不

聞也寺僧云龍適洗潭矣於是一公丈室已完又作竹筧接石霤引水過階除下清駛極可愛余命取水煮新茗一公謂近從後巖下得泉一泓以煮茗味比瀑水乃倍佳試之果然暮乃回六月十日余被召將赴京念人世行止不可必萬一有他累則清游不復得因與郡人段謙曹元同泛過落星湖約得路之半舍舟以行一公與光應知余來遠出迎乃與二僧携手行至招隱橋坐橋上橋在寺前五十步潭水爲溪所經也其西東松杉楓柏蒼翠色掩映從樹底望鶴鳴諸峰高出樹杪僅尺許隱然如畫圖中見又從樹隙見巖腰采薪人衣白大如栗初疑此白石耳有頃漸移動乃知是人也橋下流水觸石濺濺鳴塵慮俗想蕩滌殆盡久之不能去乃造一公所眎余其所賦詩又出楞伽經使予讀讀盡卷頓悟徹首

一二應公者戒行清峻略涉書史年且老不欲他走一公邀留與同處郡中亂後無讀書人可與語余因數與往來一公請予詣潭下是時久不雨瀑布流且絕余掐筧中水謂曰此水一耳何必復往也是夕宿寺中夜半雨大作比曉余未起應和門告曰瀑布流如故矣盍亟起觀之余欣然攬衣起倚闌睇視良久日初出紅光徑照香爐諸峯上諸峯紫靄猶未斂光景恍惚可玩不可言也應因誦李太白觀瀑詩又誦吳隱題太白觀瀑圖詩余笑曰安知今日無太白邪胡可謂古今人不相及也比午乃還一公間爲余言開先者舊傳梁昭明太子之所棲隱南唐元宗在潛邸亦嘗讀書於此招隱橋其所造也後歸踐尊位乃卽此造寺故以開先名有丫巖和尚者實開山宋以來住山者皆名德寺前有松每株大數十圍佛印元禪師手所植近時南楚越公乃盡伐以建寺見者惜之而寺今亦爲刼灰矣豈非數乎一之居此所願圖復其舊而適此大法陵遲有志未遂幸丈室苟完聊安餘息而已公尚丐我一言以記之吾之願耳余諾之未果爲也

游白鹿洞記

余到郡已數月欲至白鹿洞甚渴左右爲余言往時荆棘塞路不可往頃因伐大木往者衆路乃始通然路上虎縱橫苟欲往非多擁騶從不可用是欲行輙復止會行省移檄郡府取大木余因挾星子令及都昌主簿彭能領丁夫與同往去郡北行十五里至羅漢寺路分兩岐由東入棲賢谷西則至白鹿洞也比至兩山勢回合當其合處澗水出焉過澗逾小嶺嶺有缺若關門然入關路循澗北並山轉澗南皆良田也

約二三里乃至書院遺址正當五老峯下書院燬已十五年樹生瓦礫間大且數圍前有石橋曰濯纓其左又有石橋曰枕流過枕流則從列女廟登北岡岡上有大杉木六七百年物也有司今盡伐爲御殿物矣於是書院所存者獨此二橋從卒指殿堂齋廬及風泉雲壑樓故處以告甚歴歴慨想昔日規制不可見惟聞山鳥相呼鳴山谷虛餘韵悠揚恍類弦歌聲或云從此右折東南踰重岡行二三里乃至所謂白鹿洞却從洞後復右折陟嶺乃可到尋真觀望水簾也不果往徘徊久之而還按白鹿洞唐李勃讀書處也南唐昇元中始即其地爲學給田以食其徒所謂廬山國學也宋初天下未有學惟有四書院睢陽石鼓岳麓及白鹿洞也太平興國二年嘗賜白鹿洞九經當時學者數百人至崇寧末乃盡廢及

淳熙七年考亭朱文公爲郡始斥其舊而大之又定爲學規示學者來學者益衆而白鹿洞之盛出他書院右自後守其成規二百年如一日也而隳然廢今乃如此余亦無如之何也余嘗惟世之爲佛老氏之學者其宮室一廢壞輒脩舉之不旋踵豈佛老氏之學能盛於儒者哉蓋爲其徒者有勤行之意堅持之操能必其成故也至於世儒習聖人之道常骫骳不自振不能以有爲而聖人之道顧因委棄欝塞而不得行嗚呼此其弊也非一日之積矣余於是蓋重歎之也

自建昌州還經行廬山下記

八月余自京還九月以事行郡境九二日泛左蠡揚瀾至都昌縣四日由都昌出彭蠡過飄摇沙宿蘆潭五日至建昌州七日回至蘆潭北風作舟逆風不可行八日復至建昌九日舍

舟取陸而還是日宿德安縣十日發德安西北行三十里至廬山下訪湯泉湯泉在路南距山址不半里甃石為池者五南一池極熱手不可探北四池水稍溫人往往入其中浴然皆作硫黃臭余舊聞凡湯泉下必有硫黃雄黃礬山者乃是礬也礬毒石本草云惟熱入水水不冰蚕食而肥鼠食而死也又數里過醉石觀陶靖節故居其地栗里也地屬星子縣而星子在晉為彭澤縣觀已廢惟有大石亘澗中石上隱然有人臥形相傳靖節醉即臥此石上也按史靖節為彭澤令督郵行縣吏白當束帶見之靖節不肯折腰小兒遂解官賦歸去來辭而歸義熙三年也是歲劉裕篡殺劉仲文將移晉祚陶氏世為晉臣義不事二姓故託為之辭以去若將以微罪行耳梁昭明謂恥復屈身異代要為得其心夫豈以一督郵為此悻悻乎靖節既歸益放情於酒人知其樂於酒而固莫窺其所以然也或云觀南諸山即其詩所謂悠然見南山者也其旁居民多陶姓云是靖節後又數里為簡寂觀觀亦不存簡寂者陸脩靜謚慧遠法師之結白蓮社也同社者十八人陶靖節陸脩靜皆與焉遠公居東林在廬山北靖節脩靜嘗訪之東林之近有虎溪遠誓不過溪或過溪虎輒鳴及送二人不覺過虎溪皆大笑世故相傳為三笑圖或曰慧遠卒於晉義熙十二年丙辰年八十三脩靜歿於宋元徽五年丙辰年七十二丙辰相去六十載推而上之脩靜生義熙四年丁未慧遠亡時脩靜纔十歲爾至宋元嘉末脩靜始來廬山時遠公亡且三十餘年靖節死亦二十餘年矣安取所謂三笑乎或曰晉盡有兩脩靜也自蘇長公作三笑圖贊而黃

太史以此三人實之蒲傳正劉巨濟晁無咎之流皆有所述陳舜俞廬山記其說亦與太史同此其是非固未決者也又循山下西北行未至郡治二十里爲歸宗寺在金輪峯下山勢方疑然忽石峯從山腰拔起如卓筆高與山齊峯頂有設利塔俗呼爲耶舍塔釋氏書云佛滅度後所遺設利八萬四千散在人世龍宮皆貯以金瓶寶篋建塔藏焉東晉時耶舍尊者自西域奉設利來八萬四千之一也於此建塔塔高若干尺範鐵爲之外包以石峯峭峻鐵石重人力不可施皆運神通力致之俗故呼爲耶舍塔耶舍亦與遠公社嘗舉如意無言以示遠遠不悟即拂衣去是時禪學未入中國而耶則已此見矣耶舍之去遷上紫霄峯紫霄又在金輪東也寺相傳爲右軍故宅有池水色黑曰墨池義之之所洗墨也義之嘗慕張芝臨池學書池水盡黑此爲其故蹟豈信然耶今臨川郡城東有墨池南豐曾氏爲記蓋深疑之以謂方義之之不可強以仕而嘗極東方出滄海以娛意於山水間豈其徜徉肆恣而又嘗自休於此耶余謂以彼之可疑則此之不足信非耶宋元豐間眞淨文禪師住歸宗時濂溪周先生自南康歸老九江上黄太史以書勸先生與之游甚力以故先生數數至歸宗因結青松社若以踵白蓮社者又名寺左之溪曰鸞溪以擬虎溪其事爲釋氏所傳世皆謂先生實傳聖賢千載不傳之統豈其有取於佛氏之徒而頤從之游甚者又謂濂溪之學受於壽岩佛者此又厚誣吾先哲者也余以爲不然大賢君子於其道既有得矣於其形迹未嘗以爲累也況先生之高致如光風霽月初無凝滯固奚必深辯之耶及

淳熙中應菴華禪師繼主歸宗未、夫子時為郡亦嘗與之游華公蓋臨濟正傳於大覺為適孫歸宗雖非巨剎以屢為名僧所居號天下歸宗今寺亦廢故基為樹所蒙蔽不可入予徘徊戀爲溪上甚久日已暮遂復行數里宿開先寺明日乃還

游棲賢院觀三峽橋記

五老峯於廬山為西面即郡治北望峯如屏障蔽其後違郡治北行二十里轉五老東入叢谷中棲賢寺在焉余舊讀蘇次公棲賢寺僧堂記云棲賢谷中多大石岌嶪相向水行石間其聲如雷霆如千乘車行者振掉不能自持雖三峽之險不過也故其橋曰三峽度橋而東依山循水水平如白練橫觸巨石匯為大車輪流轉洶湧窮水之變寺據其上游右倚石壁左俯流水石壁之趾僧堂在焉狂峯怪石翔舞於簷上

每大風雨至堂中之人疑將壓焉問于習廬山者曰雖茲山之勝棲賢蓋以一二數矣又聞蘇長公云廬山奇勝處不可勝紀獨開先漱玉亭棲賢三峽橋為二勝棲賢寺於是廢已久殘僧數輩皆出居田間左蠡有僧曰惟賢頗遠世間法余謀於府僚俾之住棲賢賢曰俟吾結屋山中完公當來游也七月望賢使來告曰屋幸完可游矣明日即偕呂侯既甚葛君往時暑甚與夫聰屢從道傍石坎中掬水飲至谷口日卓午矣未至橋十許步石巖下觀陸羽泉乃至橋上從橋上俯視澗底亡慮百千尺或云以瓶貯水五升許從瓶竇中出水縷縷下注飛竭水乃著澗底欲試之不果又云橋魯班造蓋謂堅緻壯奇惟般乃能造耳非謂真造於般也距橋北十許丈有大石方整狀如棺橫亘澗底相傳嘗有蛟從谷中出水

怒湧勢將壞橋時主僧有道行叱神挽此石扼之蛟退橋得
不壞過橋北轉行百許步澗水至是匯爲深潭有龍蟄焉蘇
長公詩所謂玉淵神龍近卽指此也又相傳昔寺僧嘗浸䉷
潭上俄失所在後有人從湖南來云䉷從洞庭湖上出䉷上
有棲賢字可驗故知此潭下通湖南也此其言皆誕誕不足
信已乃徑造賢公新屋下法堂故趾也至是五老峯乃巀然
左出寺顧在峯後日方熾忽雲從谷中起俄頃雨已至有風
南來雨復旋散日光穿雲斜照峰上巖谷石濕芒采相射宛
然金芙蓉也賢公留余宿約明日謁赤眼禪師塔塔距寺北
行又十許里巖谷深絶處也棲賢寺實禪師所創道場余辭
與葛今先歸而呂侯乃獨留賢請余重書蘇次公僧堂記余
謝不荅書又欲余和長公詩余謝不工詩則題游山歲月氏

名遺之以附昔賢故事按次公以元豐三年夏六月來游時
謫官往高安而長公至此則七年六月時自黃移汝送子邁
赳饒之德與尉云

皇明文衡卷之二十九終

記

謁周公廟記　　王禕

洪武辛亥春余還自西番以閏月二十五日戊寅至岐山縣明日謁周公廟廟去縣十五里出城循潤水西北行至山下乃折入山之腹而廟在焉至是四面皆絶壑峭壁其間平地東西僅五六十步南北如之而稍脩形勢殊幽阻廟東北十數步有靈泉出巖石間即潤水所從出也廟之建莫詳其所自始按碑記唐太中二年鳳翔府岐山縣鳳棲鄉周公廟出靈泉則廟祠在唐之前當已有之金興定五年有道士市其廟作道宮縣令李守節正其罪鳳翔府録事判官游淑記之甚悉元初廟盡廢至元十七年李忠宣公德輝行臺陝西欲起其廢而有司力不逮乃請終南重陽宮李天樂真人重建既成其徒就守之今廟是也厥後陝西部使者孛木魯翀言周公先聖在唐與孔子同廟祀天下今乃令道家者流主祠事非所以崇聖道昭禮典若立書院俾儒者主其祠爲宜元統三年命下如所言賜額曰岐陽書院始置學官弟子員春秋致祭禮如祀孔子元末天下亂儒者皆解散書院燬于兵廟幸獨存而今守祠者仍爲道士矣廟始末可槩見者如此其廟中爲正殿奉周公東西二小殿以奉太公召公東北別有小殿奉姜嫄凡廟之儀與冠冕佩服之制皆粗鄙不合禮又正殿前有戲臺爲巫覡優伶之所集而殿中列以俗神野鬼之像尤極謬悖余因嘆曰周公制禮作樂以憲萬世其没實祀以天子之禮樂今其廟制乃若此世人不知禮一至是

乎不特此也以余考之周公之稱因以太王所居周地爲其采邑故也水經岐水之南有周城周公采邑也杜預云周城在美陽縣西北帝王世紀云周太王所徙南有周原也周城今爲岐陽鎮其城故址猶存廣袤可七八里四圍皆深溝實在今岐山縣東北五十里正太王所居而周公食采之地也然岐山縣西北十餘里其地曰周公邸地形頗平衍意者周城乃公采邑而其居邸則在此歟或乃謂今廟爲周公故所居地且其址既阻隘路衢尤險狹周公以冢宰之尊何得而居此殆後人即此建廟故遂緣指爲公所居位耳而近時暢師文作記謂周公采邑廟即其地者非也舊碑載大中二年十一月一日周公舊祠有靈泉已枯竭一夕大風其泉五處一時湧出守臣白鳳翔隴州節度觀察處置等使銀青榮祿

大夫檢校尚書左僕射兼鳳翔尹御史大夫安平郡開國公食邑二千戶崔珙奏其事朝廷因賜名潤德太中乃唐宣宗年號崔珙所帶銜位正唐制而其表奏制荅等文又唐體而近時孔克任作記謂爲宋大中時太守珙者亦非也世傳靈泉每世治則出世亂則竭故眉山蘇文忠公詩有與世窮通之語自唐太中二年出後後復竭至宋雍熙二年復出金末復竭及元至元十七年復出其後復竭而復出於今其出也所灌溉甚廣人賴其利舊碑載大中二年賜名潤德而湘山野錄以爲雍熙二年賜號要當以碑刻爲是是日從余行者儒士安鄭季方詣廟拜謁畢出坐外門荒墟上道士持酒來餉爲飲數小巵適雲陰雨微下風起撼群木響獵獵如秋聲恍疑風馬雲輿來涖者因低回久之乃去比回縣館以廟制

與禮不合者語其令李本初屬劉其稍皆釐革李以縣事繫劉辭余不復與言而具疏其本末及前所云云者紀之於簡以遺矩用志歲月焉

寫易軒記

去淳安縣治北五里山巒迴合其地曰石峽有方氏之居焉方氏在宋季有以倫魁致位禮部尚書者學者稱之曰蛟峯先生宋亡堅卧不起而推其所學以淑諸人因即其居爲書院尚書之曾孫以愚實世其家學且蚤擢世科仕郡縣入爲太史屬當運去物改之餘亦復遂其高節而無媿又去石峽北五里珠佩峯下結屋居之去人境益以遠學徒有執業來受教者弗拒也此其進退出處庶幾有合於易道之時中者乎太史晚益好易嘗即寫易之軒而以寫易名之祎之先大

父昔嘗主教於書院交方氏也久於是太史以挈家故屬祎爲之記昔者竊聞之易之爲書廣大悉備四聖人精神心術之所寓者何其微也然而有先天之易焉後天之易焉要其畫卦重卦之義固不同也是故陰陽奇耦積成三畫而爲八卦此先天之易也故曰太極生兩儀兩儀生四象四象生八卦是畫卦者積陰陽奇耦三畫而始成也八卦之三畫既以成列復重以本卦之三畫而有上下二體既又相錯相盪而六十四卦互成焉此後天之易也故曰兼三才而兩之是重卦者八卦之上復加八卦而非三畫之上遞加一奇一偶爲六畫也邵子之圖以乾夬至剝坤爲卦之次第雖與易經不合然實自然之序若其所謂八分而爲十六而爲三十二而爲六十四者斯益使人觸類而伸之以見易道之無窮而申

卦之義不在是矣然吾朱子乃有取於是焉則後學之不能無疑者也雖然盈宇宙閒皆太極之妙而人物得之以各正性命然則易固我之所自出者也故求易者在乎內反諸心精體而實踐之以會夫體用之一原顯微之無閒固不必惟文字之爲泥也邵子之言曰先天學心法也萬化萬物生乎心也此固易之本而聖賢之所謂學者歟太史之居於斯也觀象而玩占心之所契必有得於文字之外者而余何足以知之姑述所聞以求質請遂以爲記焉

新鑿惠澤池記　杜斅

潞爲州屬縣六壺關西距州治僅一舍域太行麓地高亢土峭剛而獨闕井泉利縣郭民會有力者掘井深倍九仞往往爲石隔而不及泉閒或及之水脉津津汲挹曾弗滿瓶其勢

於邊井直抵州境洎他聚落乃至積雪窖鑿冰甃給旦夕用以故其民不免有饑渴之害者洪武丙辰閏九月三山郭公來丞是縣興利除害政敎以行憂民渴饑不啻猶己越明年丁巳春正月乃會羣吏屬耆衆而謀曰縣治南闕故池爾衆向集雨潦第以濟衣飲畜今洿壞淤塞棄同無用我將飭農隙借民力是鑿是浚候雨西郊齋洎泓澄惟供飲食可乎衆乃舉手加額同口一辭曰何民生之幸於是上於州司而允其請乃卜日召集近縣郭民畚鍤齊興不旬日而池成其瀆則護以木柵而防崩嚙之患其岸則繚以垣墉而限汙穢之雜坤隅爲闌兩壁翼張而鏤板橫施俟大雨流行則起之以石砯注瀉而入水艮隅爲門兩楹山峙而扃鐍堅設令衆人汲挹則開之由石級下上而出水廣則呀焉窪焉廓其有容

殆如天造地設深則濆然滉然昧其不測宛若陽闢陰闔於以免往復遠汲之勞於以慰饑渴燥吻之思衆請其名則曰惠澤蓋取語云因民所利惠而不費之謂嗚呼旨哉嘗稽易大象澤無水則曰困澤有水則曰節夫澤水有無其卦則爲困爲節猶池之廢興其水則爲潔爲洿今池轉洿爲潔猶卦反困爲節既變通以盡利復推行以爲通乃因天之澤爲地之澤以地之澤爲民之澤公可謂能體易以利民者矣且古之爲國者惟水事爲重故有障大澤勤其官受封者公既陂大其量淵深其學由是將爲州爲府而登庸於 朝澤加天下則惠利所及其源深其流長而或可以涯涘哉縣南坊耆衆具輩請文刻石而紀功績以示永久俾勿替公名楨字永齡由進士擢濠陽簿今爲壺關丞

華川書舍記　　趙汸

婺州義烏縣有澤曰華川王君子充書舍在其上同門友宋君景濂歷叙上世以來爲文者之失得而卒歸於聖人以爲記辯博精詣殆不可加矣邇者汸與子充相見於錢塘子充又俾汸申其說既不得終辭則以復曰聖人之文非一家之言也昔者成周盛時帝王制作大備其載諸方冊以垂輓當世者謂之經若韓宣子適魯所見其類矣詩采諸民間策書辭命職在史氏未嘗使學者執筆習爲之也吾夫子順先王詩書六藝以設教而學文之訓門人識之亦曰考觀聖賢成法以盡其職分所當爲者而已蓋自一身以達天下彌綸鉅著而非外求由小學以底大成品節愈嚴而無二本成德達材之衆率由於斯而徒以文學稱者非聖人意也是故夫子

皆刪詩定書贊易修春秋以爲萬世朙法而必曰述而不作曰吾從周則豈以言出於口者謂之文哉戰國爭彊道術分裂則一家之言興而異端起矣自玆以來吏治不足繼以武功而爲國者始思息民以黃老經義未明流爲箋疏而反身者唯知洗心於釋梵由是馬班崔蔡之倫以文名家淩厲縱橫浩不可遏而先王經世之術微矣賈誼董仲舒掇拾於殘闕而莫之行諸葛孔明范希文鞠躬盡力而未足以有明也舂陵河南大儒繼作然後二帝三王所相傳授者始煥然於時關中張子因之崇執禮之教精思以致道修辭而斷事以一鄉而準天下考三代以示方來卓哉學者之楷模矣追新安朱子繼周程之緒大明經訓以覺斯人而浙河以東若呂薛二鄭氏取周公舊章離析錯綜如示諸掌學者於斯得窺

見聖人制作之盛焉然當是時陸子靜氏起於臨川以其得於心者行乎家邦充然自足而諸君子之志荒矣薛鄭會歸於朱子而呂氏則無間然陳君舉薛之徒也乃自以書請益於陸氏此又論先哲於鄉土者所宜愼思而明辯也況夫有志於斯文者乎子充早受業於同郡學士黃公黃公之見於文章者岳靜淵澄不大聲色固非欲以言語文字名世而子充明經潔行卓越不羣因鄉先生精神念慮所存以端述作之本原極古人之能事必有徵矣則雖俯仰一室而所以系吾徒之望者何可量哉浙東多文獻故家他邦莫及昔予嘗欲往遊而未能異時考德會文之樂舍華川奚適乎

共學齋記

后王降德之道不明士君子能反諸身以爲學者千百年來

大略三變以復于古而異端不與焉處汙濁之世不忍自同於凡民而又患夫資之不足也於是乃有佩韋弦以矯偏運甓枕圓以驚惰晝有所爲夜必焚香質於神明念慮善惡之萌必察焉而各以其物識之以觀其消長蓋動心忍性不如是不足以有立於時則自知也亦明矣於是有君子者出立忠孝以飾其躬以匹夫而立師道使在三之義赫然白於天中後有作者不敢忘焉其視專一善名一行則又遠矣於是又有君子者出以其得於天而成諸已者本經訓以叙斯人使先傳後倦之敎下學上達之旨復明於世蓋秦漢以來學術多矣至是始歸於大中可謂罔極之恩矣自其敎行高明特達之士翕然歸之然其間善學者乃復因其性之所近端居默識以極夫反已致曲之功而後傳之無弊則君子之學夫豈易言也哉汸學於古人而未之能進竊懼夫氣昏力薄不足以底于成迺題山居讀書精舍之西室曰共學與同志者居而勉焉噫人固與庶物並生者也苟無以反之則情熾利害之間將無以自別矧學不至於知至而意誠其氣機之竊發者毋起於芒忽而天理之存焉者寡矣彼憤悱堅制高邁卓絕以自拔於凡行者亦何可少乎易曰智崇禮卑智崇效天禮卑法地聖賢之言無二致也羣居終日而義有不出於此者何足道哉乃書之以爲共學齋記

櫟軒記

鄭之恒儒居黟水之南烏聊之北題其隙宇曰櫟軒其言曰櫟不材木也無所可用是以能終其天年吾聞之莊生云居無何大夫士爲詩文以釋其名軒之義者甚衆言人人殊之

恒不懌以其閒日之黎陽山中見支離無謂而問焉曰吾以櫟名軒而人鮮能喻吾志者言之輒異何也支離無謂曰子無惑乎人言之異也世之所重者材也而子獨以不材稱材之所貴者用也而子獨以無用全子無惑乎人言之異也雖然生之有壽夭豈材不材之謂哉深山之梗枏豫章閱千百年未有過而問者道旁之樗櫟未拱把而夭於斧斤其所託者不同也夫櫟之不材猶樗也櫟以社而存猶樗之以神也社有變置而舉或廢之則樗與櫟豈能自全耶謂不材之木獨能終其天年非莊氏意也彼莊子者悲夫世俗之士以材爲累不若不材者之無用也故爲是不得已之言又悲夫不材者亦有時而不得免也將自處於材不材之間然材不材之間似是而非猶未免乎累也則夫可以害生者豈惟材哉

邦君之於國也聖哲之於名也皆累也彼且欲會侯洒心去欲而游於無人之野使仲尼辭交游去弟子而逃於大澤其憂患乎一世者豈有涯哉嗟夫亂世多害智愚賢不肖俱困而莫知除其憂此夫人所深悲而非爲一已之私也子之不材自處豈其意耶曰然則莊氏昔所謂者非耶支離無謂曰莊子固嘗言之矣其所保者與衆異也且子亦嘗聞所謂物之初者乎游於物之初則不物於物不物於物者益之而不加益損之而不加損天地蘧廬也古今一息也死生夜旦也虎兕無所措其爪甲兵無所容其刃無傷於物而物亦莫能傷也是豈材不材之論哉雖然爲櫟有道郎子之居行子之志使董梧無所用其助而舍者爭席則材不材皆不爲子累矣又何恤乎人之言鄭之恒矍然而起釋然而悟曰善哉進

於道矣雖然吾於櫟有取焉請書是說於軒中以爲記

梅花易洞記

徐一夔

山陰胡君龍臣居越王山之下環其廬植梅數十百株而日居其間讀易因名其處曰梅花易洞且曰昔五峯胡先生讀易巖廬自號易洞吾名亦奚不可然客來輒不解曰甚矣胡子之欺人也大山長谷穴而爲洞嵌空峆岈其上穹然而蓋覆其旁屹然而壁立其中廓然而有容蛇龍居之虎豹藏焉此洞也若五峯先生讀易之地似也今子雖依山爲屋所謂嵌空峆岈之狀無有也其屋規模不廣制度不華覆蓋其上者獨其枝若屈鐵之交錯其花若暠雪之燦爛所謂穹然屹然廓然者亦無有也非洞而曰洞甚矣胡子之欺人也余乃爲之解曰獨不觀之儒先之圖乎天地亦一洞也豈直居室

哉何也乾南坤北一上一下陰陽之宅也離東坎西一闔一闢陰陽之門也巽承乎乾而位西南震交乎坤而位東北陰陽之所以終也陰陽造化生生不息如循環然昔之至人心與造化遊嘗言弄環餘暇時往時來蓋以天地爲一環矣夫洞環類也環非實環洞豈實洞哉是意也五峯先生知之矣胡君慕先生者也豈以弗知而欺人哉余竊聞之聖人作易本之陰陽見乎卦辭學之者將以見夫用善觀物者即微而知著即小而知大即近而知遠自一室而至於天下自一日而至於四時自一呼一吸而至於十二萬九千六百年吉凶消長之理進退存亡之道莫不悉備胡君誠有以知之無自善其身請以告我

梁氏書莊記

梁寅

余山巖之士自少而好文籍迨乎中年稽古之益久竊道之頗的則又因多暇而好論著夫躬行之士不務於立言然恥沒世而無聞亦往往籍是　今朝之初共承　明詔陪諸搢紳議禮制獲觀大常所藏書迨歸田野十五六年之間索居無所爲因思託之言以傳來世前讀程朱易以其釋經意殊乃融會二家合以爲一謂之易參義於讀春秋也病傳之言異求褒貶或過乃因朱子之言唯論事之得失謂之春秋攷義及歸老之後於書也以蔡氏傳之詳明而姑釋其略謂之書纂義於禮記也以其多駁雜唯取格言以類而分謂之類禮於周官也芟剔其註使其明暢謂之周禮攷註於詩也因朱子之傳演其義而申之謂之詩演義又稽之經史以待策問謂之策要凡羣書之言則取其精粹申以己意謂之論林

憫時俗之失則繼論古道略示勸戒謂之耄言憚諸史之繁則撮其大要易於覽閱謂之史略復胥類集古之格言芟取其要謂之類訓是諸書者或刻之以傳或繕寫以藏暨凡所得書皆聚之一室故號書莊焉蓋曰家之恒產寡薄使子孫能守是莊亦足以贍生非徒夸其多而已也凡人之生世必有裨於國必有益於民故爲公卿爲百僚爲將帥爲守宰又其下爲胥吏皁隷爲農工商賈皆不徒衣食必資其心與力以爲衣食焉吾爲士者乃衣食於人心不勤力不悴非敝民者耶所謂莊者田舍之稱也秔稻菽粟之所藏也吾無田以穫秔稻菽粟而所藏唯書子孫守焉無租稅無科需而學之成也又足以應上之求贊時之治是吾之不念子孫立產業乃所以深念夫子孫者嗟夫山之爲石者有銀之礦而綠生

焉有鐵之礦而朱生焉然則家之有書而後嗣之能學亦理之然也若夫有書而或怠於學者人也學之成而祿不及者天也爲子孫者又當盡乎人而聽之天可也

險齋記　徐尊生

歙南洪節夫㬌家小飛來峯下其先廬相去十里而近在杏坑之原故無恙也壬辰之變悉燬于寇越二年擾稍定流散來歸節夫以小飛來直通衢而其寬閑深阻可以肥遯者莫宜杏坑之源乃即遺基去其蓬蒿瓦礫爲茅屋若干楹奉母夫人以居教諸子肄業其間材搆而制庳視昔日棟宇之壯丹刻之華無復得其彷彿而意趣幽野位置整雅望而知其爲隱君子之宅也扁其燕處之室曰險齋而謁友人徐尊生曰予平生不能媚世容物亂離顛沛以來益齟齬於時矣故因吾室之險以自名以見吾志盍爲我記之尊生辭不獲則復于節夫曰道以中庸爲至人鮮能之得其一節之偏以高於世蓋已難矣若夫厲廉隅飭名檢波流風靡之中確然有所不爲則險者豈非制行之高者歟方頹洞之秋衆人眩惑搖動往往有之君獨皭然不滓倡勇效順既乃屣脫功名深潛遠引於巖石之下非夫君常有得於險而能遭變不可奪如是乎且吾聞之合於人心之公以爲險則固制行之高者也任夫一己之私以爲險則其弊有不可勝言也毫釐之間辯之弗審而善惡之歸相去遠矣古之險者無過伯夷鄉人之冠不正則不能與之處讓國恐不遂其志則逃諫伐以不聽其言則隱而餓餓而死其險如此然其所爲皆關乎世敎之大合乎天理之公朱始以己私參焉孟氏立論之嚴雖以

爲君子弗由而又推尊之曰聖之清故爲隘者必以伯夷爲標準庶幾其可行夷奮乎百世之上吾從而興起於百世之下人心之公無古無今欲爲伯夷是亦伯夷而已矣以節夫居常遭變而不可奪觀之則辯之庸有弗審乎雖然弘道在人能大其所受斯謂之君子伯夷之行可尚已比之中庸之道有間矣由伯夷之行合乎中庸則我廣大盡精微粹然無疵而所謂隘者將不可得而指名矣君子之於道豈固以偏自處而不舉其全哉詩曰德輶如毛民鮮克舉之吾於節夫深有望焉

朱氏春濡菴記

宋濂

義烏朱資安居縣南之㶚溪既葬其親於所居東北之五里杏花溪之左乃築守塚之舍而署其名曰春濡菴春濡云者

蓋取諸記禮者之言資安以告余俾爲之記余曰善夫資安之爲何其可羨也墓有舍而歲祭之士大夫行之久矣胡獨有羨於資安也嗟夫三代之世教化明備禮俗興行人自幼稚已知事親之禮矣及其既長孝養之外他無事爲務以適其志務以安其躰務以善其甘旨而致其尊榮惟恐親之弗悅也既已如此矣又懼其不可得久也惴惴焉而愛其日不幸而沒則吾哀戚之至若不欲生葬理必盡其禮而尸祝必竭其誠終其身而弗怠夫然故爲人親者生則享其養歿則享其祭而無憾焉迨世教衰士習益下甚者視其親猶塗人其口能言也而未必聽其言其色可見也而未必視其色況能視聽於無形無聲也哉此其人蓋與夫羽毛齒角者不異其事生若此豈復有沒後之恩而致其愛敬於墟墓之間哉

今資安之思念其親吾想其心入其室則惕然感曰此吾親所構也吾今安居之而吾親安在哉稼其田則曰此吾親所闢也吾得粟而食之而吾親安在哉涉其圃則曰此吾親所築也吾得蓺吾麻而吾親安在哉覩其妻子則惻然以感曰此吾親之授我以室而延吾嗣也覩其兄弟則曰此皆吾親之子而吾同氣也視其身則曰此吾親之遺躰幼而育長而敎以望其成者也今吾與其兄弟妻子具在而吾親不可復作終吾生不得見矣一念之感未嘗不太息流涕不能自止况夫氣序之推移時物之變易徂暑未幾而繁霜已肅改歲未久而雨露已濡彷徨丘隴之間戀慕松栢之下一觴一胾庶幾享之其情爲何如哉此其視流俗何如而余烏得不深羨之哉况又徵文於予將刻諸石以圖永久是不獨盡其一身之孝思且將使其子孫繼續於無窮尤有過於人者余故爲書之俾世之弗及者有所興起而其後亦毋敢怠忘也資安善事其兄卽余向時爲作義軒記者

記

遊三門記

王翰

三門集津在平陸縣治東六十里道由東西延至黃維循河東下再行十里至其處河南山脊峻下其尾屬於北山鑿山作三門以通河流南者爲鬼門中爲人門次北爲神門又次北及開元新開河又以中爲夜叉門北爲金門新開河爲公主河未詳其說也鬼門迫窄水勢極峻急人門水稍平緩直東可十五步中流有小山乃其底柱也東又十步其水瑩廻謂之海眼深不可測神門最修廣水安妥蓋唐宋漕運之道山嵓上有閣道且牽泐石深尺許正南下五十步有石聳起側視若香爐然東又三十步一峯可高數丈不甚奇新開河

南北廣約計二丈其岸石如甃又直如繩取者行百餘步與神門水合其南一峯壁立度二百尺許極奇秀石紋青黃相雜其巔多鵰鸛巢壘石爲爐形非飛舉者不可至不知其始有人謂老君煉丹爐蓋以神之也新開河左就嵓石下刻宋金人題名拜詩且刻琴陰禹功二嵓稍東刻忠孝清愼四字字畫若顏魯公書者其南山上有石巉然如鴟蹲者人號爲掛鼓石蓋禹用以節時齊力也自新開河東口涉水上山上舊有開化寺今不存有小祠象龍神者前碑剝落不可模不知何時立祠檐下二石其狀如碑無字上作三竅一碑蓋金源興定十二年脩禹廟之記也回至西可二里上山謁禹廟而還所至處皆用小律詩記之偕行者生員張恭馬喜王興也時洪武十七年二月二十八日記

古愚齋記

劉永之

臨江貳守韋侯彥芳其系出於漢丞相昭由丞相四十七傳而至茂令家潤州雲陽爲其邑之著姓出郭門若干里地曰壽安有別墅者侯之所建也蓋嘗讀書其中而題其齋居曰古愚其至官也手書其事以遺永之而求文以爲記旣受命乃爲之說曰言非一端而已卽其言而知其志之所存所謂知言也蓋是今而非古久矣有行古道於今之世者必且群起而訾之曰是好古而愚者也夫古之道豈誠然乎哉亦失其好惡之情焉耳方周之衰天下蓋已弊矣繼之以強暴之秦盡去先王之典而用其一切之法使其靡靡然戕其仁厚之性而從事於貪殘刻薄變詐之行於是是非好惡顛倒錯謬一反其情以至於大壞極亂不可救遏而秦用以亡自是

而後其流風末俗浸淫演漫於天下者千有餘年於今其間雖有願治之君善輔之臣凡所建立皆因仍苟簡以爲當世之計率不越數十百年法弊禁弛則又往往至於大壞極亂不可救遏若秦之事然漢唐以來曁可覩已當其壞亂之際雖學士大夫猶或不識義理之正況世俗之凡民乎其喜浮而惡質非古而是今無足異也惟其理亂興廢之由恒在於是而未有深慮遠圖而振之者豈其沉酗没溺之久而終不可爲邪無豪傑特起之士而不能變化鼓舞作興之也所謂豪傑特起之士者必能窮天下之理通天下之情識天下之變而其於道也知之明信之篤行之果而不惑於流俗者也今侯以高明之資當天下壞亂之時躬行古道不顧流俗之是非因取其所嘗被毀者以自名而見其意及遭逢

聖朝起而從政文能不以窮達易節而勤勤然欲托於文字惟恐其弗及如此豈非篤於自信而庶幾其人者與然則變化鼓舞而作興天下之民固其志之所存矣孔子曰斯民也三代之所以直道而行也謂其不可與起者不知道者也謂侯之志不在於是者不知人者也故述而記之以俟知道與知侯者考焉

獨善山房記

古之學者爲己而已及其至也則思推其有諸己者以及乎民焉將推其有諸己者以及乎民則非得其位而施之政不可故仕而達者君子之所甚欲也非欲其仕而達也欲其有諸己者及乎民也然學而有諸己者必自貴而不徇於外故其交也有禮其進也有義必人卽之而不卽乎人也必世求

之而不求乎世也交之以禮矣進之以義矣人卽之而世求之矣又必度其時之可爲道之可行然後起而從之是數者一或不然則三公之貴千駟之富視之猶敝屣焉曷足以動其心哉其難進寡合如此而有天下國家者方懸其爵祿以招天下之士有司者敖然持其權衡尺寸稱度而進退之舉而合其程式然後授之以職臨之以賞罰使之促促然唯上令之是聽其取士用人之法如此然而自公卿以下至於百執事之位未嘗乏人焉於是上之人自以爲其術果足以籠天下之士驅天下之才而爲天下之政矣又何必弊弊然求彼之難進寡合者爲哉盍自三代而下山林巖穴之士懷其道德才藝深藏不售而没齒貧賤者衆矣然其人皆浩然有以自樂未嘗或之悔也而論者以爲孟氏所謂達則兼善天

下窮則獨善其身而異端叛逃之民果於遺世者不可同日而語焉友人柯同德儒者也世居屏山之下自其祖父隱德不耀數世矣其家之所傳以爲學者皆内而弗外爲已者也而同德之爲人善論議有氣節尤能應變吾嘗與之共處憂患知其學之有守而才之足以有爲也惟其自貴而不徇於外也故不爲時之所知崎嶇連蹇至於窮且老矣終不肯少變其操而其心浩然有以自樂而無悔於是取孟氏之言名其室曰獨善山房而屬余爲文以記之余既惜其才之可用而莫用又喜其能自貴而不徇於外幾於古之學者而合乎孟氏之所云遂述其所聞以爲之記

知止齋記

錢宰

八年冬詔天下士凡寄跡佛老而有志于聖賢之學者入國子學俾習知天理民彝然後授之政焉余助教庠舍間因獲與諸茂異交間過尊經閣訪黄君伯厚于東叙伯厚扁其齋居曰知止噫伯厚逃佛而歸于儒不半載而知所止矣何其化之速邪今朝廷武功既成誕脩文教示之以綱常道之以道德化之以禮樂禁之以刑政將使天下之士皆知堯舜禹湯文武周公孔子之道將使天下之民皆被堯舜禹湯文武周公孔子之化以世之學佛老者往往多聰明識道理俾務于學去其虛而實踐變其寂而有爲黜其偏而歸于中正猶反手耳然而堯舜禹湯文武周公孔子以大中至正之道化天下後世俾脩諸身措諸事業莫不各有所止之地也是故冠尔以章甫使知首之所止焉衣尔以逢掖使知身之所止焉正尔以夫婦復尔以父子明尔以君臣使知心之所止焉

伯厚於是乎玄冠綦纓俯仰後先以正其容貌以齊其顏色垂紳委佩周旋抑揚以敬其儀刑以慎其進趨入其室則夫夫婦婦怡然乎其和樂而有別也陞其堂則父父子子僾然乎其慈孝而有親也出而仕于朝則君君臣臣秩然乎其明良之際會而有義也伯厚方且見之躬行矣其視前日祝髮毀形滅性離倫違世獨立而高出物外者夫豈伯厚之所止邪嗟夫北辰之止于天也不偏也流水之止于海也不息也心猶辰也靜而不偏則所止者正矣心猶水也動而不息則所止者至矣伯厚尚無惑於倫無怠以息庶幾終始慎其所止哉

新建耐牢坡石閘記

劉大昕

大明受命

皇帝即位之元年詔遣大將軍信國公鄂國公總率羽林諸衛師旅億萬戰艦百千定山東平幽冀兵不血刃而梁晉關陝大小郡邑悉皆附順分兵戍以守阨塞浚河梁以逸遭度舳艫千里魚貫蟬聯貢賦供需有程無阻後以黃河變易濟寧之南陽西暨周村涯淤窒壅數壞舟楫迺遵師莊石佛諸閘北沂汶濟以達燕冀西循曹鄆以抵梁晉濟寧州城西二十里許耐牢坡口者實西北分路之會坡有堤綿數十里以防河決於是時遂開通焉倘失啓閉水勢散泄漕度愆期深爲職守憂洪武二年申請于山東行省注官分任其事南疏北導靡所寧處冬十一月省檄下委大昕相宜置閘以爲歲久計十二月朔同寅知府余芳通判胡處謙集議率任城簿周允暨提領郭祥至於河上視其舊口則土崩流悍不可即

功行視口之北幾一里許平衍水匯可立基焉乃伐石轉木度工改作時冰凍暫止三年二月二日集衆材合役下夷土堤平水淬八尺以爲基樹以棗栗密如星布實以瓦甓涸若砥平然後鋪張木枋敷嵌石板爰琢爰甃犬牙相入復固以灰膠關以鐵錠磨礱密劘混然天成閘門東西廣十六尺有五寸崇十尺一寸西北比東西廣加二尺焉閘之北東向有墉縱二十二尺西向墉縱一十五尺有奇閘之南稱是翼如也所以捍水之洄洑衝薄也兩門之中鑿渠五寸下貫萬年枋以立懸板復於閘之南北決去壅土以殺悍湍且濟舟以轉折入閘自茲啓閉有常舟行如素三月二十日告成記功計興工至休役凡五十日以工計石工二十九人木工四人金工二人徒四百五十人以材計木一千三百有三枋五

十甓大小七百八十有四鐵錠一百每錠斤重六斤四兩鐵斤重二百五十五木炭斤重一千五百四十二石灰斤重六千三百四十四工之食粟八百石零七升若鐵粟則取給於官餘悉因沂兗二州任城滕鄒諸縣土地所有規措給用雖少勞於民而民樂於趨事不費於官而官亦易以成功此大較也大昕雖董是役而主簿周允晨夕陳力勤敏不怠其功其勞不可蓋也遂具載本末于石以垂永久焉

蜀山書舍記

高啓

蜀山書舍者友人徐君幼文肄學之所也幼文嘗自吴興以書抵予曰吾山在城東若干里吾屋在山若干楹吾書在屋若干卷山雖小而甚美屋雖朴而麄完書雖不多而足以備閱吾將於是卒業焉子幸爲我記之予惟古之君子所取以

成其學者無常物所居以致其學者無常地也故弁裳之於容珩瑀之於步豆籩之於陳琴瑟之於樂弓矢車馬之於服度量權衡之於用凡於物皆學也豈專於六籍之內哉往于田入于市處于戶庭覽于山川立于宗廟朝廷遊于庠序軍旅凡履之地皆學也豈限於一室之間哉後世講學之道既廢而人之不能然也有志者殆各占山水之勝築廬聚書而讀之雖其所以學之者異乎古然凡事物之理與夫羣聖賢修已治人之要實皆不出於書況安僻阻之區絕紛囂之役得一肆其力於是則其至於成就豈不反有易者哉今幼文以方壯之齒有可用之材而不急進取益務於學以求其所未至豈非有志之士哉而予也北郭之野有土東里之第有書皆先人之遺也遭時多艱莽穢於榛蕪殘壞於塵囂悵悵焉日事奔走而不知返則其荒陋宜有愧於幼文矣尚能為是記乎然而書此而不辭者蓋姑復幼文之請亦因以自厲焉

松陽縣學復射圃記

蘇伯衡

松陽之有學學之有射圃蓋自宋紹興始元之制凡民不得持弓矢故射息而圃亦廢豪右因侵而有之踰八十年有司漫不加省
皇帝即位之明年　詔郡縣皆興學置師弟子員而講習乎六藝儒生葉端等作而言曰今學令射居其一射圃之復維其時矣以告令王君會王君徵赴　京師事格不行而提刑按察僉事張公行縣適至乃復以告公為按圖籍凡學之地侵于民者責丞李君仙簿劉君文彬悉復之而地卒以歸正

[illegible]者[illegible]文[illegible]

[illegible]

[illegible]

[illegible]

[illegible]卷之十[illegible]

[illegible]

[illegible]

其疆界夷其畛域樹垣以繚之王君歸自　京師謁部使者祗承德意返故地於久據之後幸惠斯文甚厚宜有以示後人敎諭毛君煇膺薦而起遂命之來謁文書曰侯以明之此舜之學政也其人之賢不賢觀其射之中不中見焉故以射致衆衆致而後論士是以三代率由之而孔子射於矍相之圃觀者如堵使弟子揚觶而致辭者三則僅有存者夫學政莫大於射也尚矣　國家方修文教而稽古定制焉則射圃之復其豈細故哉乃爲之記曰復也以尺計之直學之東南則從七十衡五十直東北則益其從二之一去其衡三之一直西北則其從倍東北之三其衡不及東南之八直西南則其從得東南之衡而去其一以爲其衡東南故所謂射圃也張公名志德字其陝西人王君名彝字秉文北平人煇邑人攝學事殆一紀士論多之云

川上書堂記

金君自明家平陽之南郭其居第在濠之滸不踰閾而川流可挹也自明隱居教授間以臨以觀而心有契焉因以川上名其書堂而求余記之嗟夫昔者聖人之在川上所爲歎夫水者不在水也在乎道也而余於道猶望洋焉則自明之所以名堂者余安能言之雖然道固未易窺也而川上之流水則有足徵者矣一日有旦有中有昃有夜而水之流也自旦至夜未嘗息焉一月有朔有弦有望有晦而水之流也自朔至晦未嘗息焉一歲有春有夏有秋有冬而水之流也自春至冬未嘗息焉非特歲月日然也流乎千萬年之先而不見其始焉流乎千萬年之後而不見其終焉豈獨水哉於是觀

諸日月西者没而東者生於是觀諸陰陽上者剥而下者復於是觀諸草木榮者悴而區者申於是觀諸鳥獸孳者蕃而秏者適亦猶水之前者逝而後者續也嗟乎何以然乎曰出於氣乎氣不自神也曰出於機乎機不自運也則何以然乎詎不聞乎維天之命於穆不已此天之所以爲天也天命不已故命乎天而形於兩間者亦不已微之爲草木鳥獸且猶然而况於人乎人之於天也其氣同也其理同也天地之初有理斯有氣有氣斯有形氣宰乎形理宰乎氣是故天地以氣爲槖籥焉以理爲樞紐焉而人之所以爲槖籥爲樞紐者亦惟氣惟理焉爾氣之在人也榮衛之周流呼吸之出入無不同乎天也而况於理乎理者何性而已矣性之在人也無往不體無時不然者何誠而已矣故曰誠者天之道也夫惟

聖人克誠安得人人而聖哉古之君子不睹亦戒不聞亦慎發乎已之所自知行乎人之所不見亦謹焉者所以立其誠而全在我之天也獨之不謹則有時而息矣有時而息則誠之不至矣誠之不至則無以與天一矣而人也曾水之不如矣嗟夫有志於道者可不謹乎哉由君子之學進于聖賢之道余未之能焉抑不敢不勉也竊喜自明之有志輙相與言之尚有取於是則請以爲川上書堂記

節義堂記

處州衛知事魏君以節義名其堂使來請曰自吾有堂堂有斯名亦已久矣然未有發其義爲吾記之者敢屬筆焉余聞魏君家梁溪梁溪於毘陵爲勝地九龍之山天下第二泉在焉魏君作堂其間不以觀遊爲美而以節義自脩亦可以見

其志矣乃詑之曰節義之立不立豈惟君子鄙夫所由判國家治亂安危亦恒由之何以知其然也士之出于三代之際者養之有學校淑之有教化莫不篤於道周於德有過人之節取予辭受出處必以其義得失利害禍福不動其心殺之可也辱之可也飢之可也寒之可也爵之以五等之國富之以萬鍾之粟臨之以三軍之威使易其所守而胥為不善不可也夫如是故可以共逸樂而亦可與同患難三代之所以長治久安其豈不由此也歟厥後惟東漢諸君子無愧焉自元興以降宦寺專政挾天子威權以薰灼海內紀綱於是大壞矣而當時君子其在位者則抗志羣小之間不少屈意以迎合附麗至於羅織鈎黨之獄起而其節操愈堅其在野者則聞風慕義慷慨奮激棄家族骨肉相勉趨死而不悔夫如

是故終漢之世不軌之徒懷篡奪者後先相望皆忌憚而不敢直遂而漢之社稷危而不遂亡者寔賴之也然則節義之所係豈細也哉近世學校不脩教化不行士鮮不為習俗所移放其邪心役於外物區區貴富何足為輕重而求之者隳名節捐禮義不顧性命而惟恐不得僥倖得之姁姁以為容詹詹以為悅汲汲保身固位以為務平居莫肯直道以事上緩急遂至鬻國而叛君若是者雖曰累千百何益於人國家哉

聖天子知節義與國家相與有無創業之初庶事未遑而獨於前朝伏節蹈義之臣或優以體貌或寵以褒贈或列諸秩祀或録其子孫以示風厲丕變爾來垂兩紀矣雖

朝廷清明四方無虞士大夫幸而享富貴之樂不踐患難之

途無由以奇節高義自見而豈可不力也哉忘其勢而取舍不悖忘人之勢而特立不懼招之不來而麾之不去斯何莫非節義也豈必見危授命殺身成仁而後爲節爲義哉故觀魏君之名堂非所謂有志者乎雖然人之所恃以幹旋萬變者氣而已有以養之則細入芒忽而不爲歉大塞天地而不爲盈不以困抑摧挫而亡不以安富尊榮而存蓋有以爲氣之主也故隨其所遇而皆安投其鄉而如意衆人之於是氣也無物爲之主而反聽命焉如喪將之兵如朝霧之氣如暴雷迅雨之涌水其始也非不可畏而可愕假之斯須之時則已潰散消涸而不見其迹矣未有處大事臨大節而不顛倒失措者由其爲氣所使而莫爲之主故也均之是氣也有所養者爲正氣無所養者爲虛氣惟氣之正者浩然剛大不變於物持虛氣以處夫紛紜之變其不變於物乎有志於名節者茍不明道集義以養其中而惟用虛氣求有所樹立非余之所知也顧與魏君勉焉

南華謫居圖記

洪武元年夏國子祭酒許先生謫韶州即唐宰相張文獻公祠以居祠在州城之北而城南有山曰南華直乎祠之前其岡巒起伏草木行列朝霏夕靄不出戸域可以盡得之先生著書閒暇時時臨眺而樂焉曰使吾爲此州人奚其不可也於是南華逸人且屬龍虎山道士方壺子繪之縑素云初
上行幸金華訪求文懿公之後得先生召之見未至而
乘輿還京師驛召先生赴京師一見與語大說爲立京學
命爲教授鑄印使佩之仍命入傳

皇太子及諸王已而改京學爲國子學拜博士未幾陞正四品拜祭酒出入　兩宮且垂十年自稽古禮文之事至于人材之進退時政之弛張無不預議先生感奮圖報是是非非無所顧忌所爲學校脩廢舉墜更規設法以教養者數十事無不施行其見知於

上者至矣然亦不勝夫人之媢嫉也會先生嘗以學官什器用之私室言路因以移用官物坐之章入

上覽之而咲而媒孽先生者不已於是韶州之命行矣夫以文學侍從之賢一旦以微言而遠謫嶺海間去親戚而伍夷獠人將不勝其戚戚先生不惟不戚戚且安而樂焉觀其自號有終焉之志此其學問之過人爲何如蓋君子求在我者而已矣使其中有所愧何往而能安使其中無所愧何往而

不安是以吾祖文忠公之安置惠州自言譬如元是惠州秀才累舉不第北歸之望已絶方自肆於山水之間惟日不足何嘗以謫爲意也今先生之志豈不猶之吾祖哉不然蠻邦窮裔連山複壁蛇蟲之所潛瘴癘之所聚此羈人遷客之所以悲思無聊而不勝者又何足樂也余故著先生出處之故俾覽斯圖者得以考焉

棲雲軒記

汪仲魯

自予再來郡城馬生良德稱輙館予于城東新搆之軒病臥若素安焉生請軒名應曰棲雲生又請記則又應曰吾老且病忘乎軒矣奚記焉雖然病者吾身也身吾身者初未病也且吾胡爲而來也又胡爲而止也亦嘗觀諸雲乎何思何爲浮游太虛薄日月而翳光景雨下土而澤萬物迨其歸而棲

也倏焉歛藏不見蹤跡孰使然哉靜無而動有者也今生逍遥乎人世隨隙地而構斯軒岡阜環列靜安有常澗泉細流清泠自在與人若相得也吾之來而由乎是而止乎是與生夙相契也雲乎天遊人乎雲卧吾何知也吾何爲也而亦無不知且爲也况吾與生是非利害相忘久矣靡存於中靡形於外而又奚記焉德稱然識吾言命其友書于軒中以爲記

皇明文衡卷之三十一